· 全民微阅读系列 ·

爱是梦想的翅膀

厉周吉　著

江西高校出版社

图书在版编目（CIP）数据

爱是梦想的翅膀 / 厉周吉著 . — 南昌：江西高校
出版社，2017.1（2021.1重印）
（全民微阅读系列）
ISBN 978-7-5493-5058-2

Ⅰ. ①爱… Ⅱ. ①厉… Ⅲ. ①小小说—小说集—中国
—当代 Ⅳ. ① I247.82

中国版本图书馆 CIP 数据核字（2017）第 017573 号

出 版 发 行	江西高校出版社
社 址	江西省南昌市洪都北大道 96 号
总编室电话	（0791）88504319
销 售 电 话	（0791）88592590
网 址	www.juacp.com
印 刷	永清县晔盛亚胶印有限公司
经 销	全国新华书店
开 本	700mm×1000mm 1/16
印 张	14
字 数	160 千字
版 次	2017 年 1 月第 1 版 2021 年 1 月第 2 次印刷
书 号	ISBN 978-7-5493-5058-2
定 价	45.00 元

赣版权登字 -07-2017-37

目 录

第三辑　追梦无悔 / 91

第四辑　坚守无畏 / 131

第五辑　得失坦然 / 175

第一辑　厚仁重义

时代发展到今天，国家正在努力建设和谐社会，社会和谐离不开公平与正义。在这片古老而又年轻的土地上，有一个厚仁重义的庞大群体，千万年来，在他们眼里，仁与义比泰山还重。每天都有无数的厚仁重义的故事在这方土地精彩上演，这些故事令人扼腕叹息，这些故事令人荡气回肠……

寻找且于碑

这些日子，苏如是一直在寻找一块石碑。石碑刻于清朝光绪年间，与孟姜女的传说密切相关。这块石碑，有着深厚的文化背景。关于这块石碑，有无数令人回味的故事。

这些日子，苏如是一直在寻找一块石碑。石碑刻于

爱是梦想的翅膀

清朝光绪年间，与孟姜女的传说密切相关。

据考证，孟姜女的传说源自春秋时期齐国对莒国发动的一场战争。公元前550年，齐庄公派大将杞梁等人带兵偷袭莒国。兵败，杞梁被俘。后，杞梁妻孟姜女前往莒国寻夫。当她来到莒城，见丈夫的头颅悬于城墙上，悲哭十天十夜，城墙倒塌，将杞梁头颅与孟姜女同时埋没。后，此事广为流传，渐渐演化成大家耳熟能详的孟姜女的传说。

据记载，杞梁战死在莒国都城西南门——且于门，清光绪年间曾立碑以志，碑文为"且于门故址"。现在，这块碑早已不知所踪。这几年，地方政府重视文化建设，县里准备将"孟姜女的传说"申报国家级非物质文化遗产。如果能够找到且于碑，它将成为"孟姜女的传说"起源于莒县的重要物证。

根据调查走访得知，"文革"前，这块石碑还立于县城的于家村村头。"文革"中，石碑被整体砸倒。此后，石碑去向无人知晓。还能不能找到石碑？苏如是心里没底。好在，他有时间。他是县文化馆的研究员，多数时间自由支配。

这天，苏如是正和几位老人聊天，手机忽然响了起来，他按下接听键，只听对方说，听说你在寻找一块石碑？

是呀，你知道情况？

那当然！

碑在哪里？苏如是顿时心跳加快。

你先别问碑在哪里，我问你，帮你找到碑，有多少报酬？对方说。

你要多少都成！苏如是不假思索地说。

哈哈！爽快！十万元，少了，免谈。对方说。

好的，没问题。我想尽快见到石碑。苏如是说。

你在哪里，我开车去接你！对方说。

开车来接他的是一位六十多岁的精瘦老人，眼珠乌黑晶亮，显得精明无比。姓于，在城郊居住。很快，苏如是就见到了石碑。因为石碑被用做了房屋地基，只能看见背面和侧面，但是从材质和风化程度来看，必是且于碑无疑。

要不是我，您肯定见不到它了。当年石碑被推倒后，被当作普通石料运到村外的渠边，准备砸了修渠。当时，我当石匠，虽然没文化，也知道这碑不能砸，就拖延干活进度，趁夜晚与妻子一起把它偷偷弄回家中。别看现在没什么，当时若被发现了，那可是丢命的事。后来，为保护这块石碑，我也费了不少心思。老于呷了一口清茶慢悠悠地说。

苏如是一边听着，一边思考如何兑现给他十万元的承诺。当时他一激动，就答应了。现在看来，相当难办。文化馆没有钱，即便有，也不会出。当然自己完全可以把情况直接上报给有关单位，可那样不还是等于骗了人家！再说，老于保护了石碑，获得一些报酬，也是应该的。

经过反复思考，苏如是决定自己出这些钱。他虽然经济并不宽裕，但几年前老伴意外身亡后，家中的钱完全由自己支配。为了一个如此重要的文物，花些钱，他觉得值。可是他家中的存款只有八万多元，另外的两万从哪里借，他很是费了一番周折。

这日，苏如是带领有关人员来到老于家，问如何取碑，老于笑了笑说："石碑根本就不承重，只要把旁边的泥土挖掉，平衡用力，就能拽出来。"几个人如此操作，果然成功。

冲掉碑身上的泥土，几个敦厚遒劲的大字就出现在了大家面前。虽然历经百余年的侵蚀，多数碑文依旧笔画清晰，美中不足的是"且"字中间的两道小横被砸成了两个凹坑。

"可惜了！太可惜了！"苏如是喃喃自语。

"你是为那个'且'字？这个字应该是和我同姓的村民砸坏的，因为'且于'谐音'切鱼'，不吉利，就有人故意把'且'字砸了。人们还说，这样它就'切'不成了！"老于说。

听完老于的解释，苏如是出了好一会神。其实，"且于碑"的"且"字，应读做"雎"，可是，这又有几个人知道呢！

后来，"孟姜女的传说"成功申报国家级非物质文化遗产，而老于也把钱全部退给了老厉。老于说，为保护这块石碑，自己投入很多，一开始觉得要些报酬也理所当然，听说这些钱都是老苏出的后，他顿觉惭愧，就把钱全部退还给了他。

自此，二人成为挚友。

最后一块土地

爷爷的一生与土地密不可分，爷爷深深眷恋着土地，也深深地爱着奶奶。谁也想不到爷爷坚持耕种的土地竟

然是这样一块土地，爷爷的最后一块土地令人涕泪滂沱。

爷爷在离家几里外的荒山上开出了一块土地。

儿女们怕爷爷累着，也怕爷爷在去种地的路上有什么闪失，都劝爷爷不要耕种。

爷爷置之不理。

爷爷出生于1927年，童年岁月里，弥漫着硝烟和战火。当时，我们家乡有股势力强大的土匪，祸害百姓，乡亲们敢怒不敢言。后来，八路军来了，爷爷就当了八路军，参加了围剿那股土匪的战斗。此后，又随部队转战多地，并屡立军功。

退伍后，爷爷在村里当起了队长。爷爷种地一丝不苟，队里总比别的队收成多。国家推行包产到户后，爷爷干劲更大了，几乎把所有的时间和精力都用在了家中的土地上。

儿孙们希望爷爷能闲下来，享享清福。给爷爷过八十大寿时，大家一致决定，把爷爷的土地分给大家耕种。

爷爷很不乐意，却也无奈。

此后，爷爷每天的主要生活内容就是吃饭，看电视，到村头聊天……这一年，爷爷的身体迅速老化，脾气也变得异常暴躁，动不动就和别人吵架。

第二年过生日时，爷爷提出要回自己的土地，大家不同意。爷爷当场就把酒杯摔碎了，还像个孩子一样坐在地上大哭大叫。也就是在那年春天，爷爷在山里开出了一块土地。

爷爷仿佛再次年轻起来。每年春天，多数农民尚未

爱是梦想的翅膀

开始耕种,他就早早地去山里刨地,接着种花生、秧地瓜、施肥、除草、捉虫……

奶奶比爷爷年轻几岁,但身体却不如爷爷。前几年种地或秋收时,多是俩人一起进山。后来,奶奶病了,行动越来越艰难,进山次数越来越少。奶奶86岁那年,病情恶化,在医院里煎熬了一个多月后,生命走到了尽头。

埋葬奶奶那天,我随着送葬队伍第一次去山里。那段路崎岖难行,陡峭而狭窄的路面上长着稀疏的荒草。不到一里的路程,大家却走了半个多小时。来到坟场,大家都累得气喘吁吁。

为了埋葬奶奶,人们把爷爷种植的花生都刨了出来。花生刚结果,一个个白白胖胖的,煞是刺眼。

"这老婆子!要是再晚走两个月,就能吃上花生了!今年我特意在她的坟头种了能早收的花生,没想到她还是没吃上!"爷爷拿起一棵花生,泪眼婆娑地说。

爷爷80岁那年,儿孙们就给爷爷和奶奶修好了坟墓。按照我们这地方的风俗,使用后的坟墓才堆起坟头,尚未使用的坟墓顶部是平的。大家虽然知道爷爷一直在山里种地,但实在想不到他耕种的竟是这块土地。

这年雨水很少,埋葬奶奶时,爷爷坟顶那边的地瓜秧黑黑瘦瘦的,尚未遮严地皮。给奶奶上五七坟时,山坡上不少小草旱得枯萎了,很多树木提前落了一地黄叶。爷爷坟顶的地瓜秧却长得异常精神,并且都方向一致地向奶奶的坟头爬去,绿油油的瓜秧几乎把奶奶的坟头都爬满了。

刚才大家还很轻松地说着话,看见这一幕,大家都怔住了。这才想起，奶奶去世后的这段时间里，爷爷每天早出晚归，几乎每天都蹲在山里，不管谁劝他不要去，他都不听。

秋日午后，异常闷热。大家突然哭得涕泪滂沱，哭声把满山的蝉声与沟底的蛙声都盖住了……

山村年味

每年春节，村里有请酒的习俗。兄弟爷们坐在一起，大家心里高兴，说话随便，喝酒开怀。然而随着时代的发展，山村的年味似乎变了，如今的山村年味令人感慨无限。

每年春节，村里有请酒的习俗。平日里，大家都忙，每逢春节，在外打拼的人回来了，在家干的也清闲了，大家都喜欢聚聚。

今天在我家，明天去他家，不管在谁家，坐上座的永远是长辈。兄弟爷们坐在一起，大家心里高兴，说话随便，喝酒开怀。

不知从什么时候起，人们请酒时会把虽不是本家，但与自家关系特亲的请上。尤其是除夕之夜，要是请了不是本家族的外人，那是对被请者的最高礼遇。多数人家除夕之夜请了贵客，为避免漏了人，正月初接着请，直到把该请的都请过，才算安心。

家家如此，村里的酒场就特别多，也特别热闹。于是，每年春节，孩子们放鞭炮时的尖叫声、女人们在街头展示新衣服时的欢笑声、男人们喝酒时的吵闹声弥漫成山村春节独特的年味。

　　山村不大，谁家请酒请了谁，大家都心知肚明。邻里邻居的都有交往，那些觉得自己应该被请却没受到邀请的，难免心里不舒服。碰上脾气倔的，借着酒劲甚至会骂骂咧咧。这样的事情发生得多了，请酒的事，就变得有些复杂。谁家请酒，请谁不请谁，都是斟酌再三。不少人会同时接到多家的邀请，去谁家不去谁家，先去谁家后去谁家，也要考虑全面。

　　时代在变，风水在变，村里最受大家欢迎的人也在变。二十世纪七八十年代是在乡供销社工作的老孙。到了九十年代，谁能把在县公安局工作的老李请到自家，那是相当有面子的事。最近这些年，大家都以能够请到善于说媒的张媒婆为荣。当然，全村最有钱的大志、喜欢喝酒的村主任以及有三个女儿的赵财也是多数人家的座上宾。

　　周山在县城上班，每年照例回老家过年。村里在县城工作的不多，一开始很多人家请酒都喜欢叫上他，后来，叫他的越来越少了。

　　这样也好，能够在家好好陪陪父母，本来他在家中的时间就不多。但看着村里的成功人士从一个酒场脚步踉跄地奔向另一个酒场时，他还是感到有些失落。

　　大兄弟，回家过年呀！腊月二十八这天周山回家过年，刚到村口就有一辆崭新的轿车在他的前方停了下来，那人打开车窗，很热情地说。

　　是大志。

　　是呀！是呀！你也回家过年呀！这些年大志在城里

买了房子，平日多数时间在城里。

是呀，城里过节没意思，回家多热闹，多有年味呀！隔天去我家喝酒呀！大志说。

好呀！好呀！周山急忙说。

因为大志这句话，周山激动了两三天。大志会请我喝酒？也许只是正巧碰上了才说了句客套话而已。没想到大志在除夕之夜真的热情地邀请了他。

被村里最富有的人请到家里，和为数极少的有头有脸的人物坐在一起，这感觉是周山以前从未体会到的。

说来也怪，自从大志请了他后，村里竟然有十几家先后邀请他喝酒。他当然不会拒绝，周山本想过了初一就回城里的，因为请酒的太多只得推迟了三天。

周山回城不久，村里就有人找他办事，先是孩子在城里上学的托他给联系调班事宜，接着又有三个人因为暂时经济紧张而向他借钱。再后来，就接到了大志的电话，大志说自己准备新成立一个公司，问他是否打算入股，还说自己需要贷 100 万的款，已经找好两个担保人，问他能不能当第三个。

入股，周山哪有钱。不过他是事业编，适合做保人，为人担保可不是小事，但他还是稍加犹豫就答应了。

大志为人，你又不是不知道，里里外外的欠下了多少钱，也不跟我商议一下，你怎么就随便答应了？妻子因为这事异常生气，甚至要跟他离婚。

转眼间，第二年的春节又要来了。今年咱儿时回家呀？这天妻子问周山。

从咱结婚，咱还没在城里过次春节呢！要不把咱父母接来，今年咱在城里过？周山小心翼翼地说。

你要是想回去我们就陪你，你不是一直说乡下过年有年味吗？妻子这话本来说得挺真诚，可是周山却觉得另有深意。

人和茶香

"和合"思想不仅适用于茶叶，也适用于人与人、人与社会以及人与自然之间。人与人之间如果都能够摒弃以前的恩怨，精诚合作，肯定能把事业做大做强。

在炒茶大赛的决胜局上，叶青与商杰相遇了。

在这个山明水秀的海滨小镇，种茶、制茶、卖茶，已有1000多年的历史，人们都称这个小镇为茶乡。茶乡茶叶口感独特，闻名遐迩。茶乡制茶技艺精湛，制茶师们多怀绝技。

炒茶是制茶过程中最重要的环节。很久以来，茶乡就有比赛炒茶的传统。

叶青与商杰两家从祖父那代就是有名的制茶大师，两家技艺上平分秋色，关系上却针锋相对，多年以来，两家几乎没有什么往来。发展到叶青这一代，两家都建立起了自己的茶园，但两家的经营方式却大不相同。

叶青的茶叶都是自己生产的。从种植、采摘到加工，全在其掌控之中，在他看来，只有这样，茶叶的品质才有保证。

商杰却不这样，他除了炒制自产的茶叶，也大量收购当地茶农产的鲜叶片，所以商杰的茶业规模大，影响力也大。

商杰希望叶青也跟自己合作，但叶青不同意，因为他是看不起商杰的。在叶青看来，茶品即人品，人品不行，茶品肯定上不去，而在他看来，商杰那种过分注重经济效益的做法简直就是对茶道的玷污。

绿茶制作的主要步骤是杀青、揉捻和干燥，而杀青尤为重要。叶青一直苦练杀青技艺，经过多年努力，他感觉技术上已远远超出自己的长辈，更确信自己已达到商杰无法达到的高度，所以他认为这次比赛自己稳操胜券。

经过几轮打拼，他们在决胜局相遇了。叶青拼尽全力，发挥完美。然而结果却出乎他的意料，自己只得到亚军，冠军是商杰。

这样的结果，叶青当然不服，于是找评委会理论。

你的茶叶浓馥而醇正，确实是绿茶中的极品，但是与商杰的茶相比，缺了点值得回味的东西，我现在就泡一壶他的茶，你自己尝一下。评委会主席边说边泡茶。

叶青仔细品味着商杰的茶叶，果然味道醇香，余韵绵长……确实比自己的更胜一筹。他实在无法相信这样的结果，他的秘诀何在，他决定找商杰一问究竟。

"我的参赛用茶是我收购来的，虽说只有一斤鲜叶片，但这一斤叶片却是从有数百家茶农的几千亩茶园中采摘而来的。"商杰说。

"你就不怕这样的混合影响茶叶的品质吗？"叶青问。

"其实，最初我也担心过，但事实证明这样做更有利于茶叶品质的提升。"商杰说，"对于原因，我从中国哲学中的'和合'思想中找到了答案。'和合文化'的核心观点是把本来不同的天地万物有机地合为一体，就会产生新事物，达到意想不到的效果。对茶叶而言，把我们茶乡品质有共同之处，却又有细微的差别，把多种茶叶放在一起，用我的独特技艺进行加工，就会制作出世间少有的极品绿茶。"

"其实，"和合"思想不仅适用于茶叶，也适用于人与人、人与社会以及人与自然之间。对我们两家来说，如果能够摒弃以前的恩怨，精诚合作，肯定更有利于家乡茶业的发展。"商杰真诚地说。

当又一个碧茶飘香的春天到来时，商杰与叶青联手组建的茶业有限公司成立了。从此，茶乡的茶香更加醇厚了，馥郁的茶香飘得更远了……

当事人

生活中，往往因为我们是事情的当事人，就觉得自己了解事情的真相。然而，事实真是这样吗？在这个故事中，喜鹊、李晓明与张老师都是当事人，关于同一件事，他们的叙述各不相同，那么事件的真相到底是什么呢？

母喜鹊

母喜鹊回巢时，天色已经很晚了。

又干什么去了？孩子这么小，不好好打食，没看见孩子都饿坏了吗？早已回巢的公喜鹊略带愠色地问。

还说呢，我差点就回不来了，我飞进了一所宽敞明亮的房子，可是一点食物都没找到。更让人不可思议的是，窗子明明是透明的，我竟然飞不出去。我一次次地撞击着，撞得头晕眼花，也没找到出路。

就在我筋疲力尽的时候，忽然从屋子里出来一个人。他看见我之后，就一步步朝我靠近，我知道自己已经命悬一线了，但只要还有机会，我肯定就不会放弃，于是继续拼命朝窗子飞去。

可是努力几次之后，不但没有飞出去，还滑掉在窗台上。那人趁机抓住了我，我知道自己彻底完了。

放弃挣扎，还是奋起反抗？我在思索。经过短暂的犹豫之后，我决定奋起一搏。于是在那人准备用手掐死我的时候，我狠狠地往那人手上啄了一口。

我甚至啄得他流血了，那人明显是被我啄怕了，就在我准备再啄他一次的时候，他急忙把我扔掉了。于是我就脱险了。

真惊险！公喜鹊说。

妈妈真勇敢！小喜鹊们异口同声地说。

妈妈和你们说这些，不是为了向你们宣扬妈妈勇敢，而是想对你们说，不管身处怎样的困境，都不要放弃求生的努力。即便面对最强大的敌人，也要勇敢地反抗。只要不放弃，生命就会有希望。孩子们，永远不要忘了妈妈今晚说的话。母喜鹊说。

小喜鹊们似懂非懂地点点头。

李晓明

新闻！特大新闻！你们猜下课后我看到了什么？李晓明上完厕所回到教室后说。

看到了什么？同学们呼啦一下围了上来问。

爱是梦想的翅膀

我看到我们的老师抓到了一只喜鹊，你猜老师抓到喜鹊后又干了什么？李晓明说。

折磨它了？把它弄死了？把它带走了……同学们七嘴八舌地说。

同学们不住地说着，李晓明不住地摇着头。

老师到底把喜鹊怎么了？一个同学着急地问道。

要不是被我看到了，这只喜鹊的命运，肯定是这些情况中的一种。可是呀，这只喜鹊非常幸运，老师刚抓住喜鹊，就被我看到了。

被我看到后，老师的脸顿时变得通红通红。不过，老师就是老师，他稍做犹豫后就把喜鹊放飞了。李晓明说。

也许老师本来就没打算伤害喜鹊。一个同学说。

要是没打算伤害喜鹊，他何苦费那么大的力气去抓它，你不知道他抓喜鹊时挪动着笨拙的样子有多么可笑！

嘿嘿，更可笑的是老师似乎被喜鹊啄了一口，我看见老师疼得龇牙咧嘴，真是过瘾呀！李晓明说。

我觉得李晓明分析得对，我早就怀疑老师的为人，别看他整天教育我们这样那样，其实呀，那都是骗人的谎言，他自己都不那样做！另一个同学说。

所以呀，我们判断一个人，不能只听他的语言，而是要看他的实际行动。李晓明接着说。

同学们纷纷点头称是。

张老师

你的手怎么了？张老师回家后，和他已冷战多日的妻子看到他的手被纱布包着，就问道。

唉！一不小心，被人咬了一口！张老师说。

肯定干坏事了，不然人家还咬你！妻子愤愤地说。

张老师不再说话，而是垂头丧气地一屁股坐进沙发里。

快说，到底怎么了？真被人咬了估计也不会和我说！过了一会，妻子不冷不热地说道。

今天下课后，我看见楼道里有一只喜鹊，看样子它被困在楼道里已经好长时间了，喜鹊看到我后，着急地一次次朝外飞。我如果不管它，它肯定很难飞出去。

再说了，等学生都从教室里出来，它不更着急，万一撞坏了，或者被那群皮孩子抓住，怎么办？

我本来想敞开窗子它就能够飞出去，可是我刚打开窗户，它就飞到另一个地方去了，看来最好的办法就是抓住它再把它放出去。

看见我企图靠近它，它更加着急地往玻璃上撞，没几下就顺着玻璃掉在了窗台上，于是我一把抓住了它。

第一次与一只喜鹊如此亲密地接触，我禁不住想去抚摸一下它那黑白分明的油亮的羽毛。可是我刚伸出手，它就狠狠地啄了我一口，可把我疼坏了，于是我急忙拉开窗子，朝斜上方一扔，喜鹊就展翅飞走了。

不过，虽然被啄，心里还是挺幸福的，就是有些感慨呀！张老师说。

感慨什么呀？妻子皱了皱眉头问道。

有时候呀，付出爱是危险的，因为你是在真诚地爱，所以不设防，也就更容易受到伤害。张老师说完，发出一声轻轻的叹息。

我看还是啄轻了，再重些，估计就不会回家发神经了！妻子说完，就回到自己的房间，并"砰"的一声把房门重重地摔上。

任性的代价

人不能任性，但社会上总有那样一群任性的人，他们摒弃了做人的最基本原则，任性无比。然而，任性总是要付出代价的。读完这个故事，你应该更加明白一个人应该怎样生活。

这天张骏心情不错，他的车在旅游大道上匀速前进着。

为了发展旅游经济，市里新修了一条连接市区与县城的道路，道路宽畅，行人少，红绿灯也少。对喜欢飙车的张骏来说，是一条再合适不过的道路。

这几年，张骏父亲的公司发展顺利，张骏要求父亲一定要为自己买一辆全县最高级的轿车，虽然父亲不太赞成，无奈他一再坚持，只得同意了。自从有了这辆车，张骏就喜欢上了飙车。在这条路上，谁敢超他的车，他一定会立即反超对方，直到把对方比下去。

一段时间后，大家都知道了他的脾气，只要一见到他的车，多数司机都主动减速，只有李威对他不服气。

李威父亲的企业也曾经是县里最红火的，不过最近这几年发展有些低迷，但是再低迷也是县里颇具影响力的大企业。李威比张骏大几岁，虽说车不是最好的，但车技很好。

在接连几次疯狂飙车后，李威也败下阵来，再也不敢接受自己的挑战了。想跟我比，你有那个势力吗？想到这里，他的脸上浮出一丝自满的笑意。

"嗖"地一下，一辆车贴着张骏的车超了过去。

是李威的。

这小子，输几次了，还不服气！看我怎样叫你败得心服口服。

张骏一踩油门，自己的车就快速追了上去。今天李威的车速度极快，张骏虽然奋力提速也难以超过。张骏当然不会放弃，他知道自己的车好，只要坚持一定能行。

五六分钟后，两辆车已经齐头并进了，以前出现这样的情况，李威一般会主动减速，可是今天李威似乎铁了心跟自己飙到底，依旧继续提速。

张骏也把油门踩到了最大，他感到自己的车几乎飘了起来。

忽然间，他发现前方有人牵着一条狗横过马路，看见有车开来，那人急忙停下，可是那条狗却不知好歹地依旧往前走，他急忙刹车，但还是把那条狗撞飞了，自己的脑袋也重重地磕到车前的玻璃上。

那一刻，他用眼睛的余光看扫了一下李威的车，李威仿佛在嘲笑他，一点减速的迹象都没有，"嗖"地一下，就像离弦的箭一般朝前飞去……

在市医院急诊科里，张骏见到了李威。

"呵呵！想不到我们在这里相遇了！看来某些人自诩技术了得，原来也不过如此！这次算你胜了，有本事我们出去接着比！"张骏冷冷地说。

"同你比？我才没那么无聊。一开始，我确实想同你比一下，叫你知难而退，别再这么疯狂了，想不到你这么执迷不悟。我知道如果我们再那么疯狂地比下去，迟早会出事的。再说，赢了又能怎么样？有意义和价值吗？输了怕什么？于是我选择了回避。至于今天，我根本不是为了同你飚车，而是为了送一个得了急病的邻居来就医！"李威说。

经过仔细检查，张骏虽说额头被撞出了一个大包，但并无大碍。但是被他撞死的那条狗却大有来头，据狗的主人介绍，那是几年前自己花了100多万元才好不容易买来的纯种藏獒，现在拿多少钱都难以买到。

看来张骏必须要为自己的任性行为付出代价了。

落荒而逃

这晚，我做了个奇怪的梦：孩子的胡须已经长得很长很长，粗粗的胡须黑瀑布般从嘴上垂下，直到地面，最后变成一根根绳索，紧紧地将我缠住……

"老张，早教很重要吗？"这天，我正在小区广场上玩耍，一位邻居问我。

我是个健谈的人，喜欢利用一切机会表现自己，小区里有不少人遇上拿不准的事喜欢咨询我，我也乐于帮助他们。

"当然重要了！婴幼儿时期是孩子各种潜能开发最为关键的时期，如果错过了这个最佳时期，很多能力就永远也发挥不出来了！"我说。

"我的孩子已经5岁了，现在才进行智力开发是不是太晚了？"

"学习口头语言的最佳年龄是2岁，学习外语最迟不能超过4岁，发展孩子的方位知觉最好不要超过6岁。总体来说，孩子的各种能力培养越早越好，越晚越差。现在才开始虽然晚了，但总比以后再开始强呀！"

"是啊！真是太遗憾了，我要是早知道这些就好了！"邻居说完，重重地叹了一口气。

一年之后的某一天，我正在家中看电视，门突然被敲响了，开门看时，是那个邻居一家三口过来了。

孩子长得特别好看，皮肤白皙，眼眸清澈，看上去有一种超过他的年龄的稳重与深沉。

我刚把他们让到屋里坐下，孩子就站起来，给我鞠了一个标准的躬。

"我们是专门来感谢你的，多亏你告诉了我早教的重要性，从你告诉我的第二天我就开始行动了，我专门请了搞早教的老师，制定了详细的早教计划。这一年，孩子学习了钢琴、绘画、围棋、书法、外语、舞蹈、珠心算……并且都取得了优异的成绩，你看，这是他获得的各种奖状和证书……"邻居一边说，一边向我展示着各种证书。

"这么好的成绩，真了不起！"我说。

"这一年驹子过得非常充实，几乎每天都像一匹勤奋的小马驹一样在奔跑中度过……"孩子的母亲说。

"两个月前，我又聘请了一个早教专家，按照他的计划，我们不再让孩子在幼儿园里浪费时间，而是全部参与他的辅导……通过这段时间的辅导来看，效果很

爱是梦想的翅膀

理想……"

孩子父母说这些话的时候，驹子一直坐在沙发上全神贯注地记英语单词。

"孩子的精力真集中呀，我们这样说话都影响不到他！"我说。

"是呀！对一个6岁的孩子来说，算是难能可贵了。一年以前可不是这样的。"孩子的母亲说。

送走他们之后，我的心久久不能平静，真想不到我的几句话竟然对孩子产生了这么大的影响。

"你们这是？"半年后的一天，我去医院看一个生病的亲戚，碰巧遇见了这个孩子和他的父母。

"给孩子做检查！"邻居垂头丧气地说，"快给大爷行礼！"

孩子立即给我鞠了一个标准的躬。

我这才发现孩子眉头紧锁，稚嫩的脸上写满了沧桑，嘴上竟然长出了一层黑乎乎的胡须，俨然一个小老头。

"这……这是怎么了？"我吃惊地问。

"都是被那个无良老师给害的，为了让孩子的智力快速发展，竟然偷偷给孩子喝一种据说能促进孩子智力发育的特殊饮料，结果导致孩子早熟了……"孩子的母亲哭着说。

"那怎么办呀！好治吗？"我关切地问。

"很难很难……"孩子的父亲叹息着说。

"放心吧！应该没事的，现在医疗条件好……快去给孩子检查吧！"说完，我急忙转身离去。此后，我一直有一种强烈的负罪感，更没有勇气询问孩子后来治疗结果如何。

"老张，听说你对早教问题研究挺深，我的孩子今年3岁了，应该怎样进行早教呢？"这天我从楼下广场经过，一位邻居追上我问。

"我不懂，我真的不懂……"我一边说，一边加快脚步，像被警察发现了的小偷般落荒而逃。

可是生活往往事与愿违，我越是回避，越有很多人问我，几乎每隔几天就有人向我咨询关于孩子早教的问题。我不知道他们是真心问我，还是故意讥笑我，但不管出于什么目的，我都设法回避。

"这人真是的，原来多么热心的一个人呀！听说搞书法搞出了点小名堂，转眼架子就大了！"

"是怕我们把孩子教育好了，显不出他的孩子有能耐了吧！我就不信没他我就教育不好孩子！"

"没见过这样的！我们也不理他就是了，难道他就用不着别人！"

这晚，我在楼下散步，在墙角的那边听见一群人在议论纷纷，我转过街角，大家急忙改口谈别的东西去了。

怎么会这样？我很痛苦，也很无奈。后来，我和邻居的关系越来越僵。转眼一年时间过去了，孩子长了胡须的形象一直在我的面前挥之不去。我经常想，如果当初我不是用手机随便搜了些关于早教的知识就不负责任地显摆一气，应该也不会导致这样的后果。

这晚，我做了个奇怪的梦：孩子的胡须已经长得很长很长，粗粗的胡须黑瀑布般从嘴上垂下，直到地面，最后变成一根根绳索，紧紧地将我缠住……

难忘的春节

春节越来越近，赵纬也越来越想家了。已经五年没回老家的赵纬今年很坚决地想回家，但是他能否顺利回家呢？为了回家，到底发生了怎样的故事？

春节越来越近，赵纬也越来越想家了。

今年一定要回家。他的想法很坚定。

赵纬今年已经 58 岁了，虽说已经干过几十年的建筑，但依旧只是个靠出大力吃饭的小工。赵纬是那种有力气也肯出力的人，平日寡言少语，在工地是出了名的老好人，人们都喜欢拿他开玩笑，但无论怎么说他，他都不恼。

赵纬没有子女，自从老伴去世，每年春节他都在工地过，算起来，已经五年没回老家了。不回家除了想多赚点钱，还有另外一个众所周知的原因，那就是春运期间买个车票实在困难，更何况，中间还得倒好几次车。从理论上来说，可以提前订票，可是公司都是根据工程情况决定假期，等时间确定下来，回家的车票就已经很难买到了。

今年，他是费了很大的周折才弄到车票的，拿到车票那天，他激动得几乎一夜未眠。

家中的老屋在离开时就已异常破败了，现在即便没倒塌也没法住了。不过，在村里的家堂屋待上几晚是个不错的选择。每年春节，老家都会请家堂。所谓请家堂就是同村的一个大家族把已经作古的列祖列宗们请回家过年。除夕之夜，家堂屋是村里人员流动最多的地方，几乎每家每户的男主人都要去磕头、奠包子，自己正好可以与乡亲们见一下……

老赵呀！我想，今年还是由你来看工地。这天中午，胖墩墩的工头对他说。

我已经买好了回家的车票。赵纬说。

不是年年不回家吗！回家，怎么不提前跟我说一声！工头明显有些不悦。

想家了。赵纬说。

你的情况——有什么好想的。别回去了，我多给你500元。工头说。

我已经买好了回家的车票。赵纬说。

只要不回去，车票钱我可以给报销。工头说。

我想回家……赵纬倔强地说。

给你多发1000元，行了吧！你可考虑好了，这些日子你几乎啥也不用干，就能拿到接近一个月的工资，这可比回去强多了。再说，你若回去，一来一回，要花掉多少钱……工头不断地开导他。

我还是想回家……赵纬说。

工头愤然离去。

工头跟他谈话后的几天晚上，他都没睡好，回家，还是留下，他犹豫不决。这些年来，工头对自己挺好，要是自己坚持回去，工头一定会很犯难的。这大过年的，谁愿意留下来呢？可是自己又实在太想家了！

你可以回家了！在多数人都已离开后的那个上午，工头冷冷地给他打电话说。

爱是梦想的翅膀

赵纬一看表，离火车发车时间只有四个小时了，而去火车站还有接近两个小时的车程，他急匆匆地从床下扯出好久未用的旅行包，把几件必须携带的物品草草塞进去，就风风火火地赶车去了。

回来得这么早呀！春节过得咋样？十多天后，工头在工地见到赵纬后问道。

好！挺好！赵纬边说边敬烟，你也挺好吧？

好！挺好！对了，今年我们工地需要民工数量减少，你还是到别的工地找活吧！如果一时找不到，可以在这里暂住几天。工头边说边拒绝了赵纬的烟。

这……这……我想继续在这里干，大家都熟……工钱可以商量……赵纬几乎是在乞求工头。

我也不是故意为难的，现在这经济形势，我也是实在没办法！工头说完扭头就走。

赵纬顿时懵了，他虽然努力忍着，但两行热泪还是无法遏制地流了下来。

其实，他根本没能回家。那天他刚到进站口就被民警被拦下了，他忘记了自己包中有近百张淫秽光碟。几年前的一个春节，独自看管工地的他异常无聊，在一次外出购物时，禁不住购买了几张。从此，他几乎每到假期就买几张，独自看完后就悄悄藏在旅行包内。

当时，虽然他一再解释，还是被处以罚款三千拘留十天的惩罚。

从拘留所出来，他就回到了工地。那天，已是大年初七，第二天就是开工的日子了。

从一顿午饭开始

公司不景气，他曾经怨天尤人，在遇上了一件事后，他猛然觉得其实很多问题出在自己身上，于是他自信地决定从现在开始，下大力气改变现状。这到底是一件什么样的事情呢？

凌辰来到那家咖啡厅时，刚过早上九点钟。

咖啡厅里静悄悄的，只有轻柔的音乐在轻轻流淌。

先生，您请坐，这里有各式咖啡，只要您点咖啡，我们免费赠送甜点。看见有人来，坐在电脑前的服务员急忙起身迎上来，鞠了一个很标准的躬后，呈上一张价目表。

价目表制作精美，他扫了一眼，随意点了一杯。

这家咖啡厅处在一家酒店的最顶层，他坐的位置靠近窗户，既可享受冬日的温暖阳光，又可俯视楼下马路上川流不息的人流和车辆，真的挺好。

他一边慢慢地品着咖啡，一边欣赏着音乐，浮躁的心渐渐沉静下来。

先生，有什么需要，请尽管吩咐。服务员送来一份爆米花后说。

这里环境挺好，布置得简约而时尚，我非常喜欢。你如果不忙，陪我聊一会好吗？凌辰说。

当然可以。服务员微笑着说。

那天，他跟服务员聊了很多，对她的感觉也越来越好。

能告诉我你在这边工作的收入吗？凌辰问道。

这是需要保密的。

如果待遇合适，你想不想换份别的工作？

当然想了，干一份工作，久了，就会厌倦。

我可以给你一个机会。

您的好心，我领了，目前看，不太可能。您也看到了，我要是走了，这咖啡厅还怎么开呀！服务员看了一圈空荡荡的咖啡厅笑着说。

这似乎不用你来操心吧！你真正需要关心的是你自己的收入和以后的发展。

您说的也有道理，但是你喜欢一个只顾自己，而不考虑单位的整体利益的员工吗？

这时咖啡厅又来了几位顾客，他们的谈话只得中止。

几天后，他再次来到了那家咖啡厅。这次他们的谈话很快切入正题。能说说想雇佣我的原因吗？她说。

你的服务态度，你对公司的负责精神，你所表现出来的一切，都非常好……

我真有这么好就好了！服务员笑着说。

两位老板，聊什么呢？聊得这么开心！

听到有人说话，赵毅扭头去看时，才发现是自己约好的老朋友赵毅来了。

听赵毅这样一说，凌辰有些吃惊，他不知道两位老板的说法从何而来。通过赵毅介绍，他才知道原来这位服务员其实是这家宾馆的老板。

为什么不雇几个员工？赵毅吃惊地问。

其实本来这层楼是准备对外出租的，可是一直没有租出去，我们宾馆就开发利用了，我们利用这个地方对顾客供应早餐，其他时间供顾客可以上来喝喝咖啡，当然也可以随便坐坐。现在宾馆竞争激烈，很多宾馆纷纷降价，我们坚持没有降，但是我们的服务质量上去了，从很大程度上来说，这个咖啡厅的服务，可以看作是给顾客的福利。反正我在这层楼办公，来顾客我当服务员，不来顾客，我再工作，除了早餐时间临时加几个服务员帮忙，其他时间我都能忙得过来。

那该至少雇一个员工的，你这样多累呀！赵毅说。

可是现在的市场竞争实在是太激烈了，五层楼的宾馆，一百多个房间，几十名员工，每天一开门就是近万元的支出，压力太大了。要是额外雇个员工，那得多大的成本呀，哪里像赵老板呀，即便添几十个员工也是小菜一碟……

赵毅的脸顿时就红了。

其实虽然他是在县里颇有影响力的企业家，企业的规模也确实比这家宾馆大无数倍，但是这段时间企业发展非常困难，原料价格提升，库存积压严重，员工动力不足，资金周转困难……各种问题严重困扰着企业的发展，弄得他一筹莫展。虽然他整天对员工发火，但是几乎不起什么作用。

现在他猛然觉得其实很多问题出在自己身上，如果从现在开始，从自身做起，放下架子，下大力气开源节流，理顺公司内部管理机制，公司的现状一定能够有所改变。

从那家咖啡店走出来时，已经接近 12 点，秘书按惯例打电话问他怎么安排午餐，他告诉秘书不用安排了，因为他决定回家吃饭。

那排银杏树

这天，忽然看见十几个农民在栽树。等王利发现时，门外那排银杏树已经基本栽好了。这排银杏树令王利恐惧不已，他感到异常棘手，然而事情的真相却与他想的相去甚远……

学校地处城乡接合部，周围都是农户。院墙外有一溜窄窄的空地，村民们便在上面种上了各式各样的蔬菜瓜果。校长也是农民出身，让这片地闲着他也觉得可惜，很久以来一直默许着这种行为。

院墙边还有个垃圾池，村里的主要生活垃圾都堆放在这里。垃圾清理得不及时，再加上村民堆放垃圾多有不到位现象，垃圾池周围几乎每天都垃圾遍地，这难免影响学校形象。再加上各户农民种上的蔬菜瓜果高矮不一，看上去虽有田园风味，却很不美观。

这次上级来检查，校长怕影响学校的形象，就让分管后勤的王利副校长处理一下。

怎么处理？直接找农民办事肯定不好办。王利想了许久，决定先咨询一下在城管工作的同学。同学爽快地说，这事好办，只要你们打电话报警，我们立即前往处理。

报警！这显然不合适，这不把学校与附近居民本来不错的关系弄僵了吗？他决定先与村干部沟通一下情况再说。

来到村委大院，王利很快就找到了村主任。村主任也姓王，因为是第一次见面，王利有些紧张，他知道村干部的素质，万一村干部不搭理自己，事情就不好办了。

没想到当他说明情况后，村主任立即毫不犹豫地答应了，并承诺一定尽快处理。王利长舒了一口气。

回到单位，王利没敢把情况汇报校长，他想等等看看，因为答应归答应，是否能够落实到行动上去，还是个未知数。

没想到下午村里就来人了，在三个村干部的监督下，各户种菜的农民很快就把自己的蔬菜处理干净了，垃圾池周围也打扫得一干二净。不但如此，而且把所有土地进行了平整。

"我们已经处理好了！校长，您过来检查一下吧！哪里不合适，您再安排。外面的土地我们虽然进行了平整，但还是不好看，我给你们拉几车沙垫一下。"王主任在电话里说。

"我不用看了，非常感谢！您太客气了，拉沙的事就先不用麻烦了！"王利说。

"没事的，不麻烦，我都已经安排好了。以后有什么事，您尽管说，别客气。"说完，王主任就挂掉了电话。

王主任的电话让王利多少有些不舒服。还没有讲好价钱，就把沙拉来了，这账怎么算？他本想立即打电话回复说不要了，但是觉得既然村里这么配合学校的工作，又不好意思回绝了人家。

下午，王利办完事回校，见到学校门口已经整理得焕然一新，刚整理过的地面平整而光滑，还均匀地铺上了一层细沙。

"王主任，非常感谢你！您真是太客气了。拉沙的钱以及工钱怎么算？"王利问。

"总共三车沙，3500 元，再加上雇了十几个人，总共 5000 元。现在都忙，找人不好找呀！"王主任说。

"是呀！理解，理解。"王利说。

挂掉电话，王利暗暗骂王主任圆滑。对学校的工作，表面上非常配合，实际上不大不小地敲了一下学校的竹杠，沙钱和工钱都太贵。但是知道归知道，也拿他没办法。

转眼间，春天就到来了，学校正在考虑如何利用那溜空地。这天，忽然看见十几个农民在栽树。等王利发现时，门外那排银杏树已经基本栽好了。

一次就罢了，想不到还接二连三的，真是太过分了！王利生气地想。

他本想立即找王主任理论，转念一想，干脆以静制动，等他要钱时再同他理论不迟。转眼间，两个多月的时间过去了，那排银杏树已经绽放出鲜嫩的绿叶，却一直没见王主任的动静。

王利忍不住打电话询问王主任情况，王主任说，那些树是村民自发组织给弄的。说实话，当初让村民清理蔬菜时我觉得有些头疼，我害怕村民不通情达理，想不到大家这样配合我的工作。当时我觉得把村民们还没收成的蔬菜破坏了，感到过意不去，就用工钱和一部分沙钱对他们进行了一定补偿。百姓收到钱后，知道了事情的原委，就一起商议为学校做点什么，就栽下那排银杏树。

爱过已经足够

对你的爱，我不后悔，那段经历将成为我一生最美好最独特的回忆。只是，爱过已经足够。既然那么爱，为何又让它成为回忆，选择分开的根本原因是什么呢？

在一次聚会上，他遇见了她。

一见到她，他就被她那超凡脱俗的气质深深吸引住了。

她说话很少，但每一句话都非常得体，声音也很动听。他忍不住一次次看她。每当他的眼神装作不经意地扫过她的脸庞，总发现她用火热的眼神盯着自己。他感到自己的心跳在加速。

聚会临近结束，她主动跟他要了电话号码。

她叫正雨，是一家企业的投资顾问，收入很高。通过一段时间的交往，他就爱上了她。但在结婚问题上，他还有些犹豫，因为她只有专科学历，年龄也应该比自己大一些。

他今年 28 岁，刚刚博士毕业。

这天是情人节，他们相约在一家茶馆见面，他送给她一束花，她却送给他一把精致的钥匙，那是一把价值30 多万的奥迪轿车的钥匙。

他陶醉在幸福里。前些日子她出国了，几个月未见面，他发现她的皮肤其实很细腻，脸型也很好看。以前怎么没这种感觉？这也许就是情人眼里出西施吧！

他想。

单凭自己的奋斗，也许一辈子都开不上这样好的轿车。他下定决心跟她好。

那天，他们喝茶喝到很晚。最后，他开着车，拉着她，快速驶离城区，在空阔的外环路上，他把车开得风驰电掣，他们都体会到了一种从未有过的快乐和疯狂。

"有可靠证据证明，正雨参与了多起贩毒活动，而她与你关系密切，希望你能如实交代她的情况。"这天，有两个穿便衣的警察询问他道。

"不可能！这绝对不可能，她有固定的工作，并且收入很高！"他努力辩解道。

最终，正雨还是被抓进了监狱，那辆轿车也被没收。他实在无法相信正雨会骗他。

这天是探监的日子，他打算见见她，也好了解一些他百思不得其解的情况，想不到她却无情地拒绝了。

半年后，他在那座监狱的一份材料上，读到了一篇文章。那篇文章虽然隐去了主人公的姓名，但他还是一眼就看出是写的她。原来，一开始，她并没有骗自己。后来，她之所以贩毒，是因为爱上了他。她害怕他对自己的相貌不满意，就一次次去整容。她本来收入不错，但整容和送他礼物，很快就花光了她所有积蓄，甚至只得借债度日。后来，一次偶然的机会，她认识了一个贩毒者，为了弄到更多的钱，就走上了贩毒的道路……

他实在想不到会是这样。

后来，在一个允许探监的日子，他不顾她的强烈反对见到了她。只是不管他说什么，她的回答都始终很干脆，我已经不再爱你，你还是找个自己喜欢的人重新开始吧！

他当然不会答应，因为他知道，这一定不是她的真实心理。

五年后，她的刑期满了。出狱那天，他早已等在门口。不过他却看到了令他终生难忘的一幕：她扶着一个男人慢慢走了出来，那个男人四十多岁，拄着一副拐杖。

"谢谢你来接我！这是我的爱人老许，我们是在里面认识的。我早就说过，我已经不再爱你，咱俩断绝关系。当然，一开始，我这样说，是觉得配不上你。现在，却是发自内心的。这几年，我想清楚了一个问题：我们俩真的不合适。和你在一起，我很疲惫，也很忐忑，因为担心你看不上我，我一直努力表现自己，为了赚钱，为了让你高兴，我甚至毫不犹豫地走上了犯罪的道路。和老许在一起，我很轻松，也很自在。再说，这五年，是他一直在关心我，鼓励我，才使我有勇气面对现实。他很爱我，我也很爱他。当然，对你的爱，我不后悔，那段经历将成为我一生最美好最独特的回忆。只是，爱过已经足够。"

正雨平静地说完这些，轻轻地叹了一口气，就扶着老许头也不回地慢慢朝前走去。

他呆呆地站在那里，目送他们走出很远很远……

爱是梦想的翅膀

在人生追梦过程中，难免会遭遇各种挫折，但不管遭遇什么，都不要放弃努力，只要用宽容与仁爱之心对待生活，就总会有"柳暗花明又一村"的一天。

他穿着厚厚的棉衣，在广场上慢慢徘徊着。棉衣是名牌，要是十几天前，看上去还是蛮体面的。可是这几天气温上升得很快，年轻女孩甚至都已穿上了短衣短裙，他仍然穿着棉衣，就显得与周围的人很不协调了。他拉开了棉衣的拉链，但依旧热，大颗的汗珠顺着瘦削苍黑的脸颊不停地流下来。

广场上游玩的人不少，老太太们眉开眼笑地逗弄着孩子，青年男女在树底下悄悄地说着浓情蜜意的话，一群群十几岁的孩子欢天喜地地滑着旱冰，卖冰糖葫芦的老人推着自行车用苍老而沙哑的声音一遍遍吆喝着……

他坐在路边的石椅上，呆呆地看着各色人等，出神。

前面不远处，有一位衣衫褴褛的老人，他的面前摆了个破旧的茶缸子，里面散乱地放着几枚硬币，每当有行人走过，就不停地磕头，但是几乎没人搭理老人。

他不时摸摸上衣口袋，像是下定了决心，又像是犹豫不决。过了许久，他站起来，慢慢走向老人。

"行行好吧！行行好吧！"老人颤抖着快速磕起头来。

他从兜中摸出一张 100 元的钞票，恭恭敬敬地放进了老人面前的茶缸里。

"谢谢您！谢谢您！您真是好人，好人总会有好报的。"虽然他在制止，但老人依旧不停地一边说一边磕头。

"老人家，您无须这样！"直到他拉住了老人，老人才不再磕头。

他回到石椅上，如释重负。太阳快落山了，气温渐渐降了下来，他身上也不再淌汗。他突然感到好累，于是倚在长椅上不一会儿就睡着了。

当他醒来，天已经黑了，广场上人已经很少。远处各家店铺的霓虹灯招人地闪烁着，他那不争气的肚子再次咕咕乱叫起来，他不禁更加心烦意乱了。

那个乞丐依旧在不远处，不过他不再跪着，而是坐在草坪边缘的台阶上，看见他醒来了，就站起来朝他走了过来。

"先生！您已经在这里一天了，您是不是遇到了什么难处？说说吧！我虽然帮不上您的忙，但也比您把痛苦一直憋在心里强。"乞丐走到他的跟前说。

也许他觉得乞丐说得对，就慢慢讲述起自己的遭遇来。

他叫张星，以前是一家小型企业的老板，他的妻子负责企业的财务，趁着他出差，妻子卷走了几十万资金。没有这些钱，企业连银行贷款都还不上，很快就倒闭了。

这个企业是自己努力多年的结果，为了实现拥有一家工厂的梦想，自己和妻子一起打拼过许多年。他实在想不到妻子会这样做。虽然这个工厂寄托着自己的全部希望和梦想，但是他觉得妻子之所以这样做，应该有她的难言之隐，所以他没有报警，而是放下手头所有的事，不停地四处寻找妻子。他相信只要找到妻子，疑团就会被解开。

他根据别人提供的线索来到了日照，但连续寻找了三个月也没有结果。找不到妻子，他心灰意冷，甚至连自杀的心思都有了。

前几天，他的钱包也丢失了，多亏衣袋里还有 200

元钱。其实刚才他给老人的，是他的最后100元钱。这点钱连他回老家的路费都不够，他已寸步难行。在这举目无亲的城市里，他感到自己是那样孤独无助。他看见老人这么可怜，却几乎没有一个人怜悯，不禁生出恻隐之心，就把这100元钱给了老人。

待到他说完，老人长长地叹了一口气，接着也说起自己的情况来。

原来，老人并不是一个真正的乞丐，而是一个富翁。他叫李伟，有一个大型的家族产业，因为年龄等原因，他把企业交给了儿子管理，他则以自己喜欢的形式四处游玩。让更多的人实现自己的梦想，是他晚年的唯一追求。他认为只有大家的梦都最大限度地实现了，国家才能真正富强，民族才能真正振兴。扮作乞丐寻找那些心地善良而需要帮助的人，是他的一个乐趣。他说，在日照他新开了一家分公司，需要一些管理者，如果他乐意，希望他能到他的公司去。

张星实在想不到会遇上这样的事，他当然很愉快地答应了。

半年后，张星就当上了那家分公司的副总经理。三年后，张星凭着出色的业绩和良好的人品，理所当然地被提拔为总经理。这期间有一个条件很好的女孩爱上了他，不久，他们就走进了幸福的婚姻殿堂。

这之前，他已经找到妻子并知道了妻子这样做的原因，刚找到妻子的时候，他也曾非常生气。后来还是原谅了她，至于妻子为什么这样做，他不愿向别人透露。

张星永远也不会忘记李伟老人对他的恩情，他时常对亲人和朋友们讲起这段往事。他也时常告诉别人，在人生追梦过程中，难免会遭遇各种挫折，但不管遭遇什么，即便身处"山重水复疑无路"的困境，也不要害怕，更不要放弃努力，只要用宽容与仁爱之心对待生活，就总会有"柳暗花明又一村"的一天，因为爱是梦想的翅膀。

第二辑　知耻改过

知耻方能自省，自省方能自律自新自强。"人非圣贤，孰能无过，过而能改，善莫大焉。"很多时候，对与错只在转念之间，正与误只有一线之隔。面对人生难免的过错，他们表现各有特色。随时反省，时刻努力把握人生航向，方能避免造成更大的失误。面对抉择，他们的决定令人感慨无限，他们的表现令人思绪万千……

拯　救

其实，局长心里明白，真正救了他的是那颗宝贵的肾脏带给他的噩梦，从那个梦里，他受到了很多警示。从那以后，他就开始悔过自新，并竭力纠正以前所犯下的错误。

宣判完毕，王局长就被押到了车上，接着汽车一路呼啸着将他拉往刑场。

现在是八月初，水稻已经开出玉白色的小花，玉米已经吐露出金黄色的饱满籽粒，高粱在秋风中摆动着被暗红色米粒压弯了的腰身……

他虽然很难清楚地看到这一切，但是通过夹杂着多种香气的空气和眼前一闪而过的原野风景，他能想象得出来。这一切是那么美好，那么值得让人留恋。他甚至想到了遥远的童年，那时他跟着父亲去田野间玩耍，父亲在田野间劳作，自己则跑到附近的小溪中捞鱼摸虾，与同龄人追逐嬉戏……

他的眼泪不自觉地流了下来，他是多么渴望继续生存下去。刑场在一个百里之外的偏远的荒山，他多么希望这段距离不是一百里，而是一千里，或者一万里。

透过车厢的缝隙，他看到自己离刑场还有五十多里的距离，他知道自己距离生命的终点已经很近了。要是能够重新活一次就好了。那样自己要踏踏实实做人，堂堂正正做官，绝不再做对不起妻子、对不起国家的事。

担任局长之前，自己还算是个好官，可是自从担任局长并收下了某老板送来的 5 万元现金，他就渐渐走上了一条不归之路。他收的钱越来越多，并开始过上了纸醉金迷的生活，他有了自己的第一个情人，接着是第二个、第三个……他为了让情人们高兴，不断想办法弄更多的钱。如果有情人不听指挥，他就想办法摆平。直到有一天，他猛然发现自己的某个情人竟然是某老板安排的卧底。就在他准备收拾情人的时候，他老婆发现了他包养情人的事实，于是他的生活变得一团糟。在一次争

爱是梦想的翅膀

吵中，他失手将妻子打死了……此后他的所有犯罪事实全部曝光。

此时，汽车已经将他拉到刑场，他被推下了车后，被人拖到空旷的河滩上。河滩上怪石嶙峋，河里的水很少，还黑乎乎的。他想，这么偏僻的地方，污染竟然这么严重，看来有关部门只顾罚款，不进行彻底治理的做法确实是贻害无穷的。在出事之前，他就是某个有关部门的领导。

山风呼啸，空气里虽然有一股臭气，他还是觉得这个世界是如此美好，他是多么不想离开，如果能够重新活一次就好了……如果能够重新活一次就好了……

一声枪响，他似乎听到一颗子弹穿透山风，裹挟着凛冽的寒气向他袭来，接着子弹一下撞开了他的脑壳，在那一刻，他感到一种彻骨的疼痛，接着脑袋气球般爆裂……

"啊——"一声惊叫，张局长从睡梦中惊醒。

"怎么了？你又做噩梦了？没事吧？"紧紧搂着张局长的一个年轻女子说。

"没事！没事！"张局长抹抹额头上的汗。

没事那就睡吧！女子把柔软的身子往局长身上使劲贴了贴说。女子上身什么也没穿，使他有一种小时候躺在母亲怀里的感觉。女子很快就睡着了，可是他怎么也睡不着，为什么一在外面睡觉就做这样的噩梦，这到底是上天对他的暗示，还是另有原因？更让他不解的是每次做梦的内容几乎完全一样，这其中必有原因。可原因是什么呢？他怎么也想不透。

第二天，他决心弄明白老是做这个梦的原因。他查看了很多资料，终于有了推测结果为了证实自己的想法，他安排自己的秘书小王设法了解前些日子所换肾脏的主人的情况。

几天后，小王向他汇报说："局长，我已经查清了，您使用的肾脏是一位领导的，他因为包养数个情人，在与妻子争吵时，失手将妻子打死，所以被判死刑，他同意在自己死后捐出所有有用的器官。医生说肾脏有一种神奇的记忆功能，这也许就是您经常做噩梦的原因。"

小王汇报完毕，轻轻地退出办公室。张局长呆呆地坐在座位上，愣了好一会神。这时，张局长的手机嘀嘀地响了起来，原来是某单位领导发来短信约他出去吃饭，他这才想起是三天前约好的。

张局长找了个理由拒绝了他。那晚，张局长破例早早地回家了，在家里他睡得很安稳。

三年之后，张局长所在的县里发生了一场政治地震，某位局级领导因为贪污受贿等问题锒铛入狱并被判刑20年，整个县里被牵扯进去的领导大有人在，张局长却没有任何问题。

这晚，局长夫人对局长说："县里出了这么大的事，我真害怕你也被牵扯进去……"局长抿了口酒说："有你这样的贤内助，我怎么会被牵扯进去呢！"

其实，局长心里明白，真正救了他的是那颗宝贵的肾脏带给他的噩梦，从那个梦里，他受到了很多警示。从那以后，他就开始悔过自新，并竭力纠正以前所犯下的错误。最幸运的是那时他才刚刚开始步入歧途，回头还完全来得及。

爱情淖

听妻子这么一说，雷利刚要沸腾起来的身体顿时冷了下来。身下柔软的床垫仿佛倏地变成无底泥淖，他的整个身躯在难以阻止地下陷、下陷……

不孕不育的病因很多，你们想快速确诊还是慢慢诊断？医生的眼睛透过茶色镜片射出令人难以捉摸的光。

这还用问吗？当然是快速确诊了！雷利搓着粗糙的手说。

我妻子的检查费得多少？雷利用很小的声音问。

五千多吧！医生漫不经心地答。

那就只检查她一个人吧，先别开我的了，我担心带的钱不够。说这话时，雷利看着窗台上的一盆吊兰。说完，又转头看妻子。妻子脸上没有任何表情。

第二天，张娜才做完所有检查项目。第三天，结果出来了——张娜身体很健康。张娜如释重负，也有一种被医院骗了的感觉。

转眼两个多月过去了。这天，张娜说自从去省城做过检查，她的那个就没来，说不定是怀孕了，要雷利陪她到医院查一下。

果然怀孕了。

回家后，雷利倒在沙发上，抽烟。张娜生气地把烟夺过来，扔到屋外，我怀孕了，还抽烟！我看你似乎有心事，说！为什么？

雷利慢腾腾地站起来，从衣橱与墙的夹缝中掏出几张纸，甩到张娜面前。张娜越看脸色越难看，给了雷利一记响亮的耳光后，坐到沙发上号啕大哭。

原来，这几年雷利经常到医院查身体。检查显示，雷利能让妻子怀孕的概率很低，他害怕妻子嫌弃自己才一直没告诉妻子，这也是去省城医院时雷利不愿和妻子同时检查的原因。

接下来，两口子的日子就热闹无比了。张娜很恼火，在她看来，丈夫隐瞒病情、不信任自己，哪一件都不能饶恕。雷利一边忍受着妻子的"虐待"，一边变化着方式试探妻子是不是真做过对不起自己的事。在两口子的明争暗斗中，孩子就降生了。

孩子长得与雷利像极了，甚至连屁股上的黑痣都一模一样。但是他依旧高兴不起来，因为孩子有明显的残疾——两条腿几乎不能动弹。

孩子满月后，他们便在多家医院间不停辗转。到孩子三岁大时，家中不但花光了所有积蓄，而且背上了十几万元的债务。孩子的病却毫无起色。

明明治不好，还让我们花那么多冤枉钱，现在的医生，真他妈缺德！这天，正在给大白菜喷保鲜剂的雷利骂道。是呀！谁叫我们摊上一个这样的孩子。好了，少喷点吧！张娜说。我得好好喷喷，近来菜价不断上涨，我估计这车能赚些。路远，不做好保鲜不行。雷利说。

叫你别喷，你就别喷就是了，还唠叨个没完！张娜夺过喷壶，摔碎在地上。张娜突然发这么大的火，雷利很是吃惊。他呆呆地看着妻子，像看一个怪物。

　　正如雷利所想，这车菜他们赚了不少。卖完菜，雷利坚持在当地的宾馆住一晚。从结婚前，雷利就和张娜一直靠跑长途贩青菜为生。那时，他们卖完青菜一般都会在当地游玩一下，并住上一晚。这些年，他们已经很久没有这样浪漫了。

　　还得留着钱给孩子治病，真不该浪费这份钱！这晚，张娜洗漱完毕，与雷利躺在宾馆柔软的大床上说。

　　我知道你心情不好！别犯愁，生活会好起来的。你说我除了贩青菜什么都不会。是呀，十几年了，一直做这个，还能会什么？贩青菜也蛮不错的，坚持做下去，我们会有钱的。这几年我感觉身体不错，说不定不育症已经好了。这个孩子有问题，我们还可以再生个。我之所以坚持住下，就是觉得我们的爱也需要保鲜了！雷利轻柔地抚摸着妻子说。

　　张娜柔软的身体忽然不停地抖动起来。别提保鲜了，一提我就浑身发麻。叫你别用保鲜剂，你就是不听。都说保鲜剂里的甲醛对人危害很大，还能导致男性不育、婴儿畸形，你偏说不要紧。你说，这两件事我们都遭上了，能与甲醛无关？你又没做检查，怎么知道病好了，感觉是会骗人的。医生说我上次怀孕就非常偶然，说不定以后连偶然也不会有了。

　　听妻子这么一说，雷利刚要沸腾起来的身体顿时冷了下来。身下柔软的床垫仿佛倏地变成无底泥淖，他的整个身躯在难以阻止地下陷、下陷……

顺应民意

为了顺应民意，海天网在提拔任用干部之前，进行网上调查，然而网上的事有太多的变数，对调查结果的运用，也令人啼笑皆非……

海天网虽然是政府网站，但社会影响力很小。每当县政府发布什么政务信息，能够获得的点击量和支持率总是少得可怜。

作为一家政府网站，这么低的人气也太寒碜了。最近，网站新增了一个群众版块，县政府不时在上面发布一些政务信息，普通群众也可以在上面自由发帖，领导有时还和网民进行交流。于是，网站的帖子量和人气一下就上去了。

然而问题也来了，那就是不时有人发布一些负面消息，甚至揭露很多非常尖锐的社会问题，弄得有关领导非常尴尬。网站于是禁止了群众自由发帖，群众发的帖子只有经过审查后才能出现在网上。从此，网上再也没有那么尖刻的帖子了。不用说，网站流量和人气也再次回落。

这天，网上忽然出现了一个标题为"刘卫叶即将出任乡镇企业局局长"的帖子。帖子一出，群众哗然，网民纷纷跟帖反对。刘卫叶是原化工厂厂长，化工厂被关掉前是个利税大户，当然也是个污染大户。群众一直想关掉它，可就是关闭不了，于是频频上访，最后才好不容易把它关掉了。不用说，刘卫叶也成为群众痛恨的焦点，让他担任乡镇企业局局长，群众怎么能赞同呢！一时间，帖子的跟帖量甚至达到上万条，人们不是斥骂刘卫叶，就是指责政府。直至十几天后，网上出现了一个"刘卫叶出山系虚假新闻"的帖子，群众的怒气才渐渐平息。

许多天后，网上再次出现了一条消息：孙江涛即将出任一中校长。按说，由谁担任校长完全是政府行为。可是群众对这个事不可能不关心，因为这是影响到全县教育的大事。这几年县里的教学质量直线下滑，群众意见很大。教学质量下滑的原因可能很多，但群众最终把矛头指向了学校校长。因为多数校长都是党委干部出身，对教育问题很不精通。现在，一中校长转眼就要退休了，群众希望有个懂业务的人来接替他的职位，想不到还是个党政干部。更让人不敢相信的是，孙江涛只有小学文化程度，并且据说上学时还是个问题学生。不用说，网民义愤填膺。很快，就有数千人跟帖反对，并且跟帖量还在迅速上涨着……十几天后，跟帖量渐渐少了，这时网上出现了一条"孙江涛出任一中校长纯属谣传"的帖子。

虚假新闻？纯属谣传？明明是政府网站，怎么会出现虚假新闻？再说谣传怎么会传到政府网站上去呢？很多网民感到不可思议。以后很长时间里，网上依旧不时出现一些类似消息，但是网民的跟帖量和反对数明显少了。因为这些消息到最后都是虚假的。人们终于悟出了点什么。

最近，网上忽然冒出这样一条消息：赵谋即将再度出任建设局局长。赵谋的情况，人们非常了解。他是在三年前被免职的，免职的原因是他在位时建的许多处豆腐渣工程出事了。这样的领导怎么能重新出任建设局局长呢？可是，大家对这样的消息早已习以为常了。这条消息发布数日以来，谁也没有发表任何意见。这天，一位网名为"洞明世事"的家伙忽然跟帖——真是好消息！我们需要这样的局长，我举双手赞成！

大家觉得这个跟帖实在有意思，很多喜欢搞怪的网友也纷纷跟帖赞成，十几天后，跟帖竟然有近千条了，并且大家仿佛商量好了一样，没有一个人表示反对。

人们都在暗笑——看你怎么收场！

十几天后，网站忽然发布了一条消息：根据网上调查，赵谋的网络支持率很高，群众满意度为100%。为顺应民意，赵谋即日出任建设局局长。

婚姻指导师

为了拿到婚姻指导师的资格证书，余志学习非常认真，成绩非常突出，但他在最后考核的环节还是失败了。培训部主任认为有些东西不是单单靠学习书本知识就能解决。那到底是什么东西呢？

经过三个月的培训，余志就要拿到婚姻指导师资格证书了。

上大学时，余志学的是心理学专业，这是个热门专业，想不到毕业后却很难找工作，于是只得勉强干一些与自己所学专业关系不大的工作。前些日子他从报上看

爱是梦想的翅膀

到一家单位培训婚姻指导师，这是一个新职业，听说只要拿到资格证书，就能赚大钱，因为现代社会太多婚姻存在着这样那样的问题，需要指导的太多了。

为了确保拿到证书，余志学习非常卖力，每次考试他都以非常优异的成绩顺利过关。进行真正婚姻指导是培训考试的最后一关，这一关只要过了，余志就能够顺利拿到婚姻指导师的证书了。婚姻指导采用网上聊天的形式。

刚进入聊天室，就有数人咨询，余志轻而易举地解决了很多咨询者提出的所谓难题。余志想，这么简单的问题都处理不好，看来，现代婚姻确实需要指导了。

"表面看来，我的婚姻非常幸福，我丈夫非常爱我，可是他越爱我，我越觉得对不起他。"一位咨询者说。

"你一定做了对不起丈夫的事。"余志非常自信地说。

"对，您说得太对了，在认识丈夫之前，我被人侮辱过。因为怕丢人，我没有告诉任何人，更没有告诉我丈夫。我丈夫很老实，我轻而易举地就骗过了他。我们虽然已经结婚数年了，但我的良心一直受到谴责。你说，我到底应不应该告诉他呢？"

"夫妻双方应该以诚相待。欺骗对方，等于为婚姻埋下了一颗定时炸弹。所以我觉得您应该告诉他！"余志说。

"可是我不敢告诉他，我认为他虽然为人温文尔雅，也非常爱我，但我还是担心这样的事他接受不了，不但是他，我甚至认为任何男人都接受不了，譬如你是我丈夫，你会原谅我吗？"

"这有什么，如果他不能原谅你，那他一定不是真正爱你，并且缺少男子汉的胸襟和气度。如果我是你丈夫，我不仅会原谅你，还会非常温柔地安慰你。"余志说。

"真的吗？我多么希望你就是我丈夫啊！我先委婉地试探我丈夫一下看看，但愿他也能像您一样通情达理。感谢您对我的指导！今后，我肯定还有很多问题需要咨询，您能告诉我您的联系方式吗？"说完，那位女子就把自己的 QQ 号给了余志。

这不正是妻子的 QQ 吗！余志不禁感到一阵阵发晕。

余志的家离培训中心很近，他找了个借口，离开培训中心，骑上车，疯狂地朝家中奔去。碰巧妻子正和一大群妇女在楼下聊天。余志跑到妻子面前，就狠狠地给了妻子一记耳光。

"你打我干什么？"妻子捂着通红的脸说。

"打你还是轻的，我要和你离婚！你说，你刚才干什么了？"余志生气地说。

"天这么热，家中又停电，除了在这儿乘凉！我还能干什么？"妻子很无辜地说。

"是啊！她确实一直在这儿和我们聊天啊！"旁边的人都说。

余志恍然大悟，一句话也不说，快速掉转车头，往培训中心赶去。

余志刚想往微机室里走，培训部主任在门口拦住了他并微笑着说："非常遗憾，您不适合担任婚姻指导师，至少现在是这样。虽然您学习非常认真，成绩非常突出，但有些东西不是单单靠学习书本知识就能解决！"

余志急忙辩解道："你肯定误会我了，我就是上了趟厕所。除了厕所，我哪里都没去。"

培训部主任笑着说："是吗？那么你上厕所时一定打了一个人一巴掌，并且，那个人还是女的！"

防扒女装

当她来到那家服装店，发现服装店竟然关门了，就去问附近的一位店主，店主小声说，店老板昨天刚被抓进去了，据说他是一位出色的老扒手……

"哎呀！我怎么这么倒霉呀！"

这天，刚到单位，张霞就说自己的钱包又被人偷了。

"如果我没想错的话，今年你该是第三次丢钱包了吧！小偷的眼睛真是雪亮，谁有钱，一眼就看得出来！像我们，钱包瘪瘪，别说偷了，就是扔在地上，怕也没人拾！"同事小文嘻嘻哈哈地说。

"你就别幸灾乐祸了！因为接连丢钱包，我甚至连上街的勇气都没有了，小偷怎么单单喜欢偷我呀！你说我该怎么办呀？"张霞愁眉苦脸地说。

"文新路拐角有家'防扒女装店'，听人说那里的衣服真能防扒，你有兴趣的话可以去看看！"小文说。

防扒女装，张霞第一次听说，即便不买，也得去看看。下班后，她很快就找到了那家服装店。她在店里转了一圈，可根本看不出服装的特别之处，就知道服装店只是为了取个离奇店名吸引人，就摇摇头准备离开。

"小姐，买件吧！这服装绝对防扒。"售货员非常热情地说。

"这和普通服装没什么区别呀！怎么能防扒呀？"张霞问。

"这是商业秘密，我不会告诉你，但是穿着我们的服装如果被扒了，不但可以退货，甚至可以赔偿损失，我们可以签订合同。"售货员很肯定地说。话说到这个份上，张霞不能不信，看看价格，也算合理，就买了一件上衣。

这天，张霞逛商场，特意穿了那件上衣。这次穿上，张霞才发现这件衣服买得不合适，买衣服时，自己还穿着薄秋衣，试穿觉得挺合适，现在天暖了，秋衣没法穿了，穿上后不但曲线毕露，而且连肚脐眼都盖不住，这样的衣服怎能穿得出门！没办法，她只得在外面加了件长一些的薄衫。

因为穿了防扒女装，张霞放松了许多。她在商场转了一会，选中了一款化妆品，摸钱包时，忽然发现钱包早已不翼而飞了。张霞顿时火冒三丈，就离开商场，气呼呼地来到了防扒女装店。

"什么防扒服装，我第一次穿就被偷了！"张霞对售货员大吼道。

"可是你压根就没穿我们的服装呀！"售货员说。

"谁说我没穿，这不是在里面吗？"张霞说。

"谁让你把它穿在里面的？只有穿在外面才防扒呀！"售货员说。

张霞知道售货员是狡辩，就同她争吵起来。吵了好久，店老板从里面出来了，当他知道情况后，非常客气地把她领到了自己的办公室，并解释说："这位女士，我早就看出来了，您之所以被扒，那是因为您思想太保守了，像您这么漂亮的女士，如果再穿得开放一点，不管走到哪里，所有男士的眼睛肯定都紧紧地盯着你，哪个小偷敢对你下手呀！不过，你丢失的钱包，我尽量想办法给你找回来，我们向来对客户负责！你可以留下电话，我找到后随时联系你！"

回家后，张霞越想越觉得店老板说得很有道理。几天后，张霞决定再去买几件防扒女装。当她来到那家服装店，发现服装店竟然关门了，就去问附近的一位店主，店主小声说，店老板昨天刚被抓进去了，据说他是一位出色的老扒手。

500 米的距离

李军调头把车子开回时，离那家 KTV 只有不到 500 米的距离了。500 米的距离，不过一两分钟的时间。可是如果突破了这 500 米的距离，两个家庭的幸福也许就毁了。这是为什么呢？

今天下午有空吗？我心情不好，在北京路浩歌 KTV28 号房间唱歌，就我自己，没意思，你过来吧！我们一起唱。

正开着车兜风的李军接到短信后，很是激动。

短信是他的一位女网友发来的。在网上，他们已经交流几个月了。李军喜欢玩游戏，晓寒也是。他们经常在游戏中碰面，并互相照顾。就这样，两个人认识了。

后来，在不玩游戏的时间里，他们也经常通过 QQ 聊天，渐渐地成了网上至交。后来李军知道，除了玩游戏，晓寒也喜欢在业余时间写点小散文。晓寒文字清新脱俗，很有一点世外高人的味道。李军很是喜欢，于是两人在写作方面也经常互相切磋。交流之余，李军喜欢开一些半荤半素的玩笑，晓寒也不怎么反对。再后来，李军就有了与晓寒见面的渴望。

李军曾主动约她几次，但是晓寒都以各种理由拒绝了。现在，她竟然主动约自己了，真是太令人高兴了。

去还是不去，事到临头，李军反而犹豫了。经过一番思索后，李军想先试探一下晓寒，就回复道：呵呵！想拿我开涮是吧！我如果傻乎乎地闯进 28 号房间，还说不定会看见什么人呢！

你想到哪里去了！我能开这样的玩笑吗！快来吧，别让我等太久了！过了一会，晓寒回复到。

看到这条短信，李军出了好一会神，很多令人想入非非的画面在他面前一闪而过。如果去，这些东西也许就会成为现实。可是这以后呢！以后会是什么？也许他的外遇会被别人知道，接着自己会身败名裂；也许晓寒压根就是一个骗子，那样等待自己到底将是什么，实在难以想象……还有最重要的一点，即便这些都只是假设，自己这样做，怎么对得住自己的妻子。

想到这里，李军回复到，我觉得，见面反而不如在 QQ 里聊天更自由。还有，在 QQ 里聊天不用花钱呀！听我的，把房间退了吧！你心情不好，我可以和你在 QQ 上聊。

别找借口了！你这不是故意叫我难堪吗！今下午你

不来，以后我就不理你了！晓寒回复到。

别呀！你怎能不理我呢！我可不想失去你这个朋友。

接着晓寒又发来了几条短信，李军都委婉地拒绝了。

自从拒绝了晓寒，李军的内心充满了遗憾与矛盾。也许晓寒只是约他聊个天而已，可是因为自己内心的阴暗而不敢赴约。因为这个，有两三天时间他甚至连 QQ 都不好意思上了。

第三天晚上，当他登录 QQ 时，看到晓寒的一串留言，留言的大意是：那些短信都是她丈夫发的，那天丈夫看了他们的聊天记录后，一口咬定他们之间有情况，就用自己的手机给李军发短信。当时丈夫找了好几个人，在那家歌厅埋伏着，如果李军来了，他们准备首先将他猛揍一顿，然后逼他至少拿出 20 万元，最后再把他干的好事告诉他老婆。因为李军没有去赴约，晓寒反而掌握了主动权，她把丈夫狠狠地训了一顿。

看到这些留言，李军吓出了一头冷汗。其实那天李军一边给晓寒发短信，一边开车往那家 KTV 走。李军调头把车子开回时，离那家 KTV 只有不到 500 米的距离了。500 米的距离，不过一两分钟的时间。可是如果突破了这 500 米的距离，两个家庭的幸福也许就毁了。

想到这，他关掉电脑，脚步轻轻地走向卧室，妻子和孩子的呼吸都很均匀。他轻轻地贴着妻子躺下。猛然间，他发现生活是那么幸福，那么美好！

被敲诈的情人

在网络世界如鱼得水的史德，怎么也想不到自己这么快就被抓住。也许他永远也不会知道，那天约他喝咖啡的他刚认识不到五天的女网友，其实大有来头……

今天，我收到一张裸照，是我们开房时的照片，那人要我汇给他 25 万元，否则就把照片发到网上，你说怎么办？舒梅收到这条短信后，立即给她的情人史德发短信。

那人从哪里弄到的照片？史德急忙发短信询问。

他说他捡到了一部手机，你的手机丢了吗？舒梅问史德。

是呀，前些日子丢的，我正犯愁呢！

你怎么这么不小心呢！唉！当时我叫你不要拍照，你偏偏拍照干吗？这倒好！

实在对不起！这样的事如果张扬出去，对我，尤其是对你会非常不利。放心吧，我会努力的。

那你快点呀，人家要求一周之内把钱打到他的账户上！

舒梅与史德是通过网络认识的。史德在上海一家事业单位当保安，舒梅住在北京，虽说自己没什么收入，但老公是一家大公司的老板，因为老公整天忙着做生意，她在家闲着无聊，就通过聊天认识了史德。史德聊天幽默，对人关心体贴，倍受丈夫冷落的舒梅已经很久没有体会到这种感动了。经过一段时间的交流，舒梅觉得史德是那种值得信赖的人，就约会见面并开了房，谁承想会发生这样的事。

舒梅知道，虽说史德要尽量努力，但是他一个刚毕业的大学生到哪里弄这么多钱，她决定这钱她自己出。当然她也不想让史德过早地知道了自己的想法，她想看看史德的表现，也好更深入地了解史德的为人以及自己在史德心目中的位置。

你那边钱弄得怎么样了？五天以后，舒梅发短信询问史德。

我已经借到 15 万了，要不其余 10 万你先出，等我以后赚到钱，就给你。

你能有这份心，我就很知足了，你即便暂时借到了钱，以后怎么办？还是由我来出吧！不过，你得替我跑一下腿，那个骗子是你们那边的，他也许害怕到银行取款不方便，所以希望我直接把钱送给他，我想把钱打到你的账户上，你再送给他，你看行吗？

这事是因我而起的，我不能承担全部责任我就很不好意思了，怎么好意思让你全部承担！他们最后商定史德出五万元，其余的由舒梅出。

我想趁你去送钱的时候，把那个骗子抓住！当他们把这一切商议好后，舒梅说。

最好别报警。报警后，我们之间的事很可能就会弄得全世界人都知道了，我倒不要紧，怕对你的声誉影响不好。

也是！我听你的，不报案。

这天下午，史德精神抖擞地走进了一家咖啡馆，他要了一杯咖啡后，就在一个沿街的座位上坐下来，慢慢啜饮着。

请问您是不是曾经明月，有人想请你逛街！他正盯着门口，打量着走进咖啡馆的美女们，忽然有一位男子走到他的身边说。

曾经明月是他的网名，他怎么会知道？就在史德稍有迟疑的时候，他的身后又冒出了一个男子，接着给他出示了警察证，史德激动无比的心顿时变得冰凉冰凉。

在刑警队，史德如实交代了自己的情况。原来敲诈舒梅的短信是史德用别的手机号发的，他本想用这种方式敲诈舒梅一把，没想到最后被聪明的舒梅识破了。

原来，他发给舒梅的那张照片舒梅是正面照，眼睛还睁得很大，只有靠得很近才能拍出这样的照片，这样舒梅不可能不知道。而舒梅记得非常清楚，当时根本就没有拍过这样的照片。另外，他不让舒梅报警也让舒梅看出了端倪。当然，还有一点，那就是史德一直说他是真心爱自己的，可是通过对这件事的镇静反应来看，史德根本就不爱她。

史德怎么也想不到自己这么快就被抓住，也许他永远也不会知道，那天约他喝咖啡的女网友，其实就是舒梅，只不过她换了一个别的 QQ 号而已。

看我怎样对付你

喜欢上网聊天的莉君，那天穿得很薄很透。敲开宾馆的房门时，她顿时慌了。她这样做到底是为什么，她

爱是梦想的翅膀

为何慌了？结局到底如何？

莉君，今年 32 岁，在一家广告公司搞平面设计，收入颇丰。丈夫在事业单位工作，对她恩爱有加。孩子上小学了，可爱无比。这样的生活，也算幸福了，可是她总感觉生活缺了点什么。

因为热情活泼，再加上职业原因，她接触的人很多。在别人看来，她交往的人也许太杂，但是她喜欢这样的生活。她自信有超常的判断力和掌控能力，不管和什么人接触，都能掌控住局势。

空闲时间，她喜欢上网聊天。好友多是男性。聊天时，总有一些网友表现出超常的热情。她不但毫不畏惧，而且故意挑逗他们，把他们弄得神魂颠倒。但是，她很清醒，和他们，仅仅是游戏而已，不动真情。即便见面，做事也不出格。任何时候，总能全身而退。

这次，她与网友在一家歌厅见面。她早就看出来了，那人挺老实，甚至有些傻，社会经验很少。这样的男人，在莉君看来是不该幻想有人会喜欢他的，但莉君还是让他产生了幻想。是她定的房间。他进房间时的拘谨样子，就把她乐坏了。那天，她穿了条很短的黑裙。没聊几句，男人眼里的火，就熊熊燃烧起来。手，也开始失控。

别动，让我好好看看你！莉君抓住他的手说，真软，我从没摸过比这更软的手。我喜欢你的鼻子，与刚哥的鼻子有点像。可惜，你的眼睛太小，比楠哥的小多了！你说你没有钱，我不信，你是不喜欢我，才这样说的。说这话时，莉君一直抓着他的手，轻轻揉搓，可是没等她说完，他的手就僵了一般，一动也不动了。此后，他一直拘禁地坐着，连话甚至都说不出来。

那次，她与网友在上岛咖啡厅见面。之所以选在这里，一方面是因为她想喝咖啡了，另一方面是这家咖啡厅人流量大，她担心那个男子不太容易掌控。见面后，莉君不禁暗抽了一口凉气。他三十多岁，光头，粗壮的胳膊上纹了两条凶神恶煞的青龙。

她慢慢搅动着咖啡，漫不经心地说，你这两条龙纹得真好，比黑哥那两条强多了！黑哥是谁？对方急忙问道。你真不知道黑哥是谁？你们是同道中人，应该知道的。莉君依旧漫不经心地说，哦，忘了，你是外地人。我们本地人没有不知道的，我们这座城的西半天都是他的势力范围。凡是开店做生意的，没有不寻求他的保护的，我也是开店后才认识他的。我叫他过来，你们认识一下吧！本来，我们也是约好今天见面的。

这时，她的手机响了，她看了看，拒接了。黑哥的电话，约我吃饭的，我们一起吧！叫他过来，还是我们过去？你定下来，我给他打过去。莉君盯着那人的眼说。你自己过去吧！我们下次再说。黄豆般大的汗珠从那人额头不停地滚落下来。

刺激，真是过瘾！原来是纸老虎，早知如此，我不该这么着急地离开的！走出咖啡厅，莉君擦着额头的细汗想。

最近，又有网友主动加她，是职业学校的学生。和十几岁的学生聊天，她还是第一次。本来，她对自己的判断力是满自信的，可是面对这个学生，她发现自己的判断力失效了。他是个坏孩子，很坏。但说话俏皮，思维灵活，时而柔情万种，时而深沉落寞，时而幽默风趣。这是一个什么样的孩子啊！我该怎样对付他？

当他约她见面时，她毫不犹豫地答应了，他让她去找他，并把见面地点定在一家宾馆，还问她敢去吗。

呵呵，一个小屁孩，竟然这么直接，看我见面后怎么收拾你！莉君心里想。

那天，她穿得很薄很透。敲开宾馆的房门时，她顿时慌了。房间里坐着六个十五六岁的男生。怎么？你们……谁是忙里偷情？莉君问道。我们都是忙里偷情呀！这个号是我们宿舍共用的。他们一起坏坏地笑。莉君大惊，她想逃离，可是他们几乎同时扑了上来……

要不是来找孩子的两个家长在外面疯狂地砸门，那天她是难逃一劫的。

从此，她再也不敢玩这种游戏。

抢劫背后的故事

"我的情况我都如实交代了，你们报警吧！我罪有应得！"文超叹了口气说。"好吧！我成全你！"说完刚子就开始拨打电话。事情的结局会如何呢？

这天晚上，刚子出去办事去了，会东帮爸爸照看商店。晚上八点多钟，店里没有一个顾客，他刚准备收拾东西关门，忽然一个蒙面人冲进了店里。

这人拿着一把锋利的刀子，恶狠狠地大吼着："抢劫！老实点，不然一刀子捅死你！"

会东今年刚上初三，哪里见过这种阵势，他乖乖地蹲下身子，缩做一团，吓得差点哭了起来。

那蒙面人紧紧地握着刀子，在店里快速扫了一眼，胡乱翻腾一顿，抓起两包东西就跑。

那人刚跑到门外，没走几步，就被一个男子一脚踹倒在地上，而他手中的刀子和抢到的东西也扔到了很远的地方。

"我叫你抢劫！我叫你吓我儿子！"那个男子一边狠狠地踹他，一边骂着。蒙面人躺在地上，一开始不停地打着滚，最后蜷曲着身子不住地求饶。

过了一会，男子看这人身体似乎非常单薄，也根本没有要反抗的样子，也就不再踹他。

听到了外面的打斗声，会东急忙出去看个究竟，原来是爸爸刚子。会东见抢劫者已经被爸爸打倒在地，不禁也想上去踹他几脚，爸爸立即阻止了他。

会东一把扯掉了他的面罩，在明亮的灯光下，会东看到了一张白净而年轻的脸，他的脸上表情扭曲，看样子痛苦极了。刚子问儿子是否受伤了，会东说他也没有碰自己，刚子又问他抢了什么东西，会东说似乎只抢了两包方便面。

刚子看看地上，确实是只有两包方便面，顿时觉得非常奇怪：一个持刀抢劫者，竟然只抢两包方便面，这里面应该有蹊跷。他就打消了立即报警的念头，决定先了解一下情况。

过了一会，刚子见那青年不再呻吟，就让他站起来，到屋里去。那人一瘸一拐地来到屋里后，刚子问他为什么抢劫，并且只抢两包方便面。

"我就是抢劫！怎么了？我不愿同你说话！你抓紧时间报警好了！"青年气愤地说。

"我可是好心救你呀！你可知道我只要报警，你就会被抓起来判刑的！那样也许你的一生就完了！"刚子耐心地说。

"我的事不用你管，你愿报警就报警，不报警我可要走人了！"那青年蛮横地说。

"大哥哥！我怎么看你这么脸熟，您是不是叫文超呀？"会东说。

会东这么一说，抢劫者看了一眼会东，一愣怔，一时不知说什么才好。

"你一定是叫文超，我想起来了！我前天在我参加的学习班的宣传材料上看见过你的介绍！你的才艺与成绩都是最棒的，你应该在一所名牌大学就读吧？"会东说。

文超想不到自己会被认出来，低下头，叹了口气。

在会东爸爸和会东的不停劝说与询问下，文超终于说出了自己的苦恼。

原来文超是一个品学兼优的学生，从上小学开始，就既懂事又听话，他学习认真，不但学校里的功课学得挺好，而且在父母的安排下报名参加了书法、钢琴、绘画、舞蹈等许许多多的校外学习班。虽说文超聪明好学，不管学什么，成绩都几乎是最优秀的。但是他骨子里非常厌倦这种在父母安排下，没有半点自由的生活。他曾多次向父母表明自己的想法，父母都以他是小孩不懂事或者太年轻为由否定了他自己的想法。可是在长期的巨大压力下和不停地被否定后，他的内心集聚了太多的压抑和愤怒，于是形成了强烈的叛逆心理，他渴望摆脱父母的控制，宁愿进监狱也不愿过这种一直在父母控制之下的日子，于是就选择了抢劫。

听完文超的诉说，刚子陷入了沉思。前些日子，刚子给会东报了钢琴辅导班，会东不愿意学习这个，但是刚子还是硬逼着孩子参加学习，会东虽然参加了，但是心里一直不乐意学，所以一直跟父母闹别扭。

这起抢劫事件，让刚子认识到了自己的错误，他在心里暗暗决定以后不能再像原来那样不尊重孩子的意愿，过分地逼迫孩子学这学那的了。

"我非常希望被抓起来，我只是随便闯进了一个商店，想不到是他在看店，早知道我就换成另一家了。我的情况我都如实交代了，你们报警吧！我罪有应得，我会感谢你们的！"文超叹了口气说。

"好吧！我成全你！"说完刚子就开始拨打电话。

不过，他拨打的电话不是110，而是文超父母的电话。

射向健身队的子弹

健身活动本是好事，然而弄不好也会把好事变成坏事。生活中很多事情就是这样的。张大爷为了阻止老伴健身，可谓用心良苦，他到底是用了什么样的办法呢？

张大妈挥舞着红绸子，飞快地旋转着轻盈的腰身，那身段，那样子，像个十七八岁的小姑娘。就在大家看得出神时，她忽然停止旋转，抛出一个灿烂的微笑。大家立即鼓起掌来。

这时，张大妈忽然痛苦地捂着臀部蹲下了身子。

大家急忙问发生了什么事，大妈说自己臀部似乎被什么东西打了，大家这才发现地面上有好多枚圆圆的钢珠。

这么说，大妈是被这些当作子弹的钢珠打中的。这还了得？连枪都用上了，太过分了！报警，立即报警！大爷大妈们都义愤填膺地说。

退休前，张大妈是单位的文艺骨干。退休后，在小区里组织了一个老年健身队。由于张大妈舞蹈基础好，再加上训练得认真，她的健身队很快就在县里出了名，多次在各种比赛中获得好名次，并经常参加各单位组织的文艺演出。最近，县里重视文化建设，前些日子县电视台组织了一次老年人集体舞大赛，经过层层选拔，张大妈的健身队，成为参加决赛角逐冠军的6支队伍之一。

　　为了在决赛中得个好成绩，张大妈带领自己的健身队一直紧锣密鼓地排练着。

　　小区的广场不大，排练时间主要在早晨和晚上，周围有些住户觉得健身队的音响噪音太大影响了自己休息，就设法阻止他们排练。他们经常弄坏电灯，或者直接出面阻止，或者从楼上往下倒脏水……这些大爷大妈们都忍了，想不到这次竟然用上了枪。这可是会闹出人命的大事呀！不报警是不行的。

　　警车很快就呼啸着开来了，经过调查取证，警察发现要想找到射击者非常困难。因为那天早上有大雾，从大妈所在的位置来说，从好几座楼上都能射击到，而经过仔细排查，这几座楼上的住户私藏枪支的可能性都不大。最让警察疑惑的是当时雾很大，从任何一座楼上都很难看清健身者的具体位置，在没有看清目标的前提下，谁会冒着出人命的危险，胡乱开枪射击呢？

　　案件的侦破没有进展，舞蹈队也只得停止了训练，这可把张大妈愁坏了，眼看着比赛时间越来越近，张大妈一着急就病倒了。当然大妈病倒也与天天训练有关，这些日子雾霾严重，大妈已经咳嗽好些日子了，不过一直硬撑着。

　　这日，侍候大妈吃下药，张大爷又在摆弄自己的收藏。张大爷也是退休人员，他不喜欢跳舞，倒是非常喜欢收藏。张大爷玩赏了一会几件玉器藏品后，从箱子里取出一把弹弓，他用力扯了扯弹弓的皮筋，朝着张大妈做了个瞄准的姿势，脸上带着狡黠的笑。

　　你个死老汉子！那天是不是你用这个打的我？张大妈恍然大悟似的问。

是又怎么了？张大爷嘿嘿地笑着说。

死老头子！不支持我就罢了，还打我！张大妈跳下床，狠狠地扭着张大爷的耳朵说。

你就是该打！张大爷打掉了张大妈扭着自己耳朵的手说，你想过没有，你组织健身队的根本目的是什么？你带领健身队不停地参加各种演出和比赛，是否背离了健身的初衷？雾霾这么严重，你依旧要求大家参加训练，你不知道在雾霾中晨练的危害吗？训练既然影响了周围住户休息，人们反对也是应该的。既然健身活动影响了周围住户，又不利于队员健康，那么即便获得了好成绩又有什么意义？

其实，这些日子，张大妈也在考虑这些问题，听老伴这样一说，大妈更加觉得自己不对了。过了好久，才叹了口气说："你可以直接跟我说呀！犯得着这样吗？连警察都惊动了，伤到我就罢了，伤到别人那可是犯法的！"

"我也不想这样，可是如果不这样，你能听得进去吗？我以前说过多少次了！可曾起过一点作用？"张大爷叹了口气说，"不过，肯定伤不着人，那些钢珠是我悄悄放到地上的，我打你用的是用报纸揉成的纸团。"

网购是一堂深奥的课

关于网上购物，你不是说过吗，很多时候，表面上看是赚了，其实是亏了。也就是从你告诉了我这句话开

始，我认识到不赚才是最大的赚！

老公，今天我又赚了，你看这包多漂亮，从商场买，接近一千元，我从网上只花了不到三百。这晚，雷军刚回家，妻子燕子就提着一个漂亮的皮包炫耀道。

好呀！好呀！雷军推了一把妻子，脚步踉跄地朝沙发走去。叫你少喝，你就是不听。天天喝成这样，身体怎么受得了？看到丈夫这样，燕子顿时变得有些失落。

我也不想多喝呀，你不知道今晚和我喝酒的都有谁！雷军边说边把稍显肥胖的身子跌进了沙发里。

我不知道，我也不想知道。燕子说着就去给雷军倒水，等燕子端来水，雷军已经呼呼地睡着了。

燕子叹了口气，就急忙回到电脑前，寻找起中意的商品来。几个月前，同事从网上花50元买下了本来价值1000多元的皮大衣，在同事间引发了关于交流网购战绩的热潮。燕子这才发现，几乎所有的同事都在网购，而自己对网购一点都不懂。也就是从那一天起，她决定尽快学会网购。以后几个月时间里，燕子几乎把所有的能够支配的时间都用来网购，于是家中各式各样的东西渐渐多了起来。

这日，当燕子选中了一件商品准备付款时，网银提示她的钱不够了。不够了？这可是三万多元呢！怎么会这么快就花完了，是不是被人盗刷了。燕子急忙查看自己的交易记录，不看不要紧，一看吓一跳，自己确实在两个月里花了三万多元。

真是不可思议！燕子吓出了一身冷汗。要不是因为网络购物，这些钱她一年都花不了。

爱是梦想的翅膀

　　她一件件翻看着从网上买来的东西，这才猛然发现，其实这些东西，很多她压根就没用过。也就是说，多数东西是可有可无的。所以当自己买下一件东西时，表面上看是赚了，其实是亏了。燕子第一次认识到，赚与亏的关系，竟是这样微妙。

　　花了这么多钱，总得向丈夫说一下才好。但怎么向丈夫说呢？她完全可以编一个理由蒙混过去的，这对她来说，并不难，毕竟家中的钱是由她来管理的。但她又觉得那实在不好，经过一番考虑，他决定和丈夫实话实说。

　　那晚，丈夫听完她的解释后，并没有她想象中大发雷霆，而是一动不动地望着天花板，发呆。

　　你生气就打我好了，你不说话，我更害怕！燕子有些紧张地说。

　　我不生气，吃亏长见识，下次别再犯类似的错误就好了！丈夫大度地说。

　　我看你怎么怪怪的，是不是有什么心事？燕子小心翼翼地问。

　　没有，没有，睡吧！雷军急忙说。

　　两年后，局长因为经济问题被拿下，几个副局长多数都受到了牵连，唯独雷军因为异常清廉而被提拔为局长。

　　局里出了这么大的事，我真担心你会出事，想不到你还被提拔了！这晚，燕子偎依在雷军身边说。

　　你丈夫是什么样的人，你还不知道？雷军挺了挺胸膛说。

　　我才不信呢！说实话，你到底玩了什么手腕，让你躲过了这一劫？燕子质问丈夫。

说实话，我真的没干任何对不住党和政府的事。不过这还是多亏了你。几年前，面对层出不穷的诱惑，我也差点犯错误，是你那次喜欢上网购物挽救了我。雷军说。

我网购与你有什么关系？燕子有些吃惊地问。

关于网上购物，你不是说过吗，很多时候，表面上看是赚了，其实是亏了。也就是从你告诉了我这句话开始，我认识到不赚才是最大的赚！雷军搂着妻子的肩膀说。

很长时间以来，只要一提网购，燕子就觉得浑身难受。她实在想不到那段网购经历竟然挽救了丈夫。这时，她猛然觉得网购还是挺招人喜欢的，于是再次开始了网购生涯。不过，现在她购物时已经非常理智了。

可惜不是你

水遥刚放下杯子，季强就探过身子，张开双臂，想拥她入怀。可是，水遥却给了他一记响亮的耳光。因为这些年，她明白了一个简单而深刻的道理……

可惜不是你，陪我到最后。曾一起走，却走失那路口。感谢那是你，牵过我的手，还能温暖我胸口……

听着这缠绵忧伤的《可惜不是你》，季强不仅再次陷入回忆之中。

爱是梦想的翅膀

一个月前，大学同学毕业 15 年聚会，吃过饭，一部分没回去的相约去唱歌。当时，水遥唱的就是这首歌。水遥唱得忧郁而动情，并且毫不掩饰地一次次脉脉含情地久久地盯着自己。

水遥和季强在大学期间曾恋爱过一段时间，后来分手了。很多时候，季强想忘掉那段情感，可是越想忘掉，越是难忘。以前季强听说水遥生活得很幸福，难道并非如此？或者她想跟自己重归于好？想到这里，季强不禁有些蠢蠢欲动了。

正想着，他的手机忽然响了起来。

原来是另一个女同学庄敏打来的，庄敏告诉他水遥前几天就离婚了，离婚的原因是那天她唱《可惜不是你》，老公吃醋了。回家后，就不停地吵架，直到离婚。

挂断手机，季强呆呆地出了好一会神。

你好！我是季强。拨通水遥的电话后，季强小心翼翼地问好。

季老板，请问您有事吗？水遥用一种冷冰冰的语气说。

听说你离婚了，并且与聚会时唱的歌有关。实在对不起，我知道对那段感情，你还是放不下。

别自作多情了，与唱歌没有关系，也与那段所谓的感情没有关系。如果您没有别的事，那就再见吧！水遥继续冷冷地说。

别！别！别！季强急忙说。

有事您就说。

可是季强一时又觉得不知说什么才好。

挂断手机，季强再次陷入回忆之中，大学期间的那段恋情，虽然青涩，但不清纯。其实，他并不爱水遥，他是以游戏的态度对待水遥的。所以当他觉得水遥已真正爱上自己时，就害怕了，就找了个借口跟她结束了。

大学毕业后，他听说水遥很快就结婚了，听说还生活得很幸福，这让他心里不再那么难受。那次聚会，水遥的丈夫也在场，他实在不理解水遥为什么把情感表露得那么直接。

请不要拒绝我，我知道你的处境，很多事我无法帮助你，但工作上的事，我还是能够对你有所帮助的。因为那首歌，导致你离婚，我感到很过意不去。半个月后，季强在一家茶馆约见了水遥。

你没有必要过意不去，离不离婚，是我自己的事，与你无关。当然，我确实非常怀念大学时我们一起走过的那段时光。说这些话时，水遥一次次哽咽着。

出现这样的状况，我也觉得很遗憾，令我遗憾的不只是这些，我该死，其实我从一开始就不是真正爱你，所以当我发现你那样爱我后，就不敢跟你交往了……我认为你结婚后，就会把我忘记，没想到你一直记着，这让我很愧疚。这些话我本不想说的，可是我太对不起你了，我不想看到这样的局面。季强喝了一口咖啡说。

别说了，我都知道。我甚至知道，因为你，我这辈子再也找不到爱情的幸福。我知道你对我不是真心的，但我还是控制不住自己去爱你，在你面前，我会烦恼顿消。在你面前，我才觉得自己是个女人。包括现在，也是这样。请你不要害怕，我不会向你要求什么。

这些年，我明白了一个简单的道理，在爱的问题上，强求不来。我也曾试图努力去爱我的丈夫，可是怎么也找不到爱的感觉。所以当他有了外遇，我也是睁一只眼闭一只眼，那次我唱《可惜不是你》，只是为了给他一个借口而已。

当然，这一切都是我自己的事，与你无关，所以你无须自责。

说完这些，水遥端起茶杯，准备喝一口茶，可是茶已经凉透了。她握着茶杯，紧紧地，久久地，但最后还是放到了茶几上。

水遥刚放下杯子，季强就探过身子，张开双臂，想拥她入怀。

可是，水遥却给了他一记响亮的耳光。

意外的主角

同学聚会，他因特殊原因缺席。他的弟弟去了，他的弟弟和他长得很像，整天吊儿郎当地混日子。可是他却意外地成为那次聚会的主角，这到底是为什么呢？

谁也没想到超然会成为那次聚会的主角。

转眼间，大学毕业已经三十年了。这期间，关系好的同学也搞一些小规模的聚会，但是集体聚会一次也没搞过。

聚会在一家靠近母校的酒店举行。这次聚会的主角有三个，一个是副厅级干部王副市长，一个是身家千万的房地产老总张老板，一个是某名牌大学的著名博导刘教授。

宴会尚未正式开始，多数同学都在随意地聊着天。大家往往先和王副市长叙一阵旧情，后与张老板谈一会往事，再与刘教授打一下招呼。当这一切做完，多数人便开始有针对性地交流，当然交流的中心还是不外乎这几个人。

毕竟都已年过半百，大家聊着聊着，都不自觉地谈起几位已经作古的同学，死于车祸的赵同学是个男生，长得白白净净，当年一与女生说话就脸红；死于癌症的吴同学为人豪爽，喜欢抽烟，也爱喝酒，上大学期间就经常约同学一起喝酒；因为抑郁症而自杀的郑同学喜欢文学，他的文字抑郁而优美，经常有诗歌在各地报刊发表……

谁能想到他们不到 50 岁就都作古了呢？大家不禁议论一番，叹息一阵。

有位同学坐在大厅的角落几乎不跟任何同学交流，但是却显得从容镇静，气定神闲。

那是谁？有同学悄悄问。

不知道。有同学答。

也许同学们的议论引起了他的注意，他不再看墙上的字画，而是转身看着同学。

认不出来了吗？他淡淡地笑着说。

能认出市长、老板和教授就行了，认不认出俺无所谓。那人笑着说。

说哪里话呢？同学聚会，没有市长，没有老板，也没有教授，只有同学。那位同学说，我想想，我一定能想起你来。

爱是梦想的翅膀

对了！你是超然，一定是超然！那位同学高兴得哈哈大笑。

你这家伙，这些年都在干什么？怎么也不跟同学联系？刚才很多同学还在议论你呢！那个同学说。

瞎混吧，不值一提！超然说。

肯定混得不错！你看你保养得，一看就比我们年轻十几岁！那个同学说。

哪里呀！哪里！超然笑着说。

这两个同学的对话声引起所有同学的注意，大家的眼光一下聚集了过来。一看之下，大家真的异常惊讶，他身体健壮，皮肤闪着异样的光彩，脸上的表情是那样淡定那样坦然。

这时大家不禁去看别人，市长和老板虽然都是一头乌发，那明显是焗过油的，教授看似精神饱满，但是几乎没有一根黑发，其他同学的脸上也都挂着掩饰不住的沧桑。大家不禁从内心深处开始羡慕起他来，甚至有好几位保养得不错的女生问他是如何保养皮肤的。

他淡淡地笑着说："皮肤是表面，内心才是本质，内心的淡定与平和最重要。心态调节好了，身体自然会好。身体好了，皮肤能不好吗？如果内心调节不好，却想保养好皮肤，那岂不本末倒置了！"

待到他说完，大家都暂时沉默了。

从上大学开始，超然就有点像他的名字，做事不紧不慢，遇事不争不抢，穿着普通，不事张扬，成绩平平，不突出，也不落后。可谓得之不喜，失之不忧，宠辱不惊，去留无意。他这特点，让很多同学看不起。谁承想三十年过去了，数他活得滋润。

聚会结束，同学们都在悄悄议论、感慨，甚至怀疑起自己这一生的奔波是否有意义来。

那次聚会我也去了，大学毕业后，我是唯一和超然有联系的同学。大学毕业后，超然去了千里之外的一个小镇做橡胶生意，在10年前的一次车祸中残废了双脚。这次聚会前，他曾和我说，因为行动不便，再加上路远就不参加了，所以让我代他向同学和老师们问好。

我知道，他有一个和他长得很像的小他十岁的弟弟，整天吊儿郎当地混日子。所以那个所谓的超然应该是他的弟弟，他肯定是知道哥哥的情况，而聚会又不用自己交钱，就顺便来混顿饭吃。

遇见你，我情不自禁

有时她会想，自己是不是有些傻，是不是被骗了。更多的时候，她会在恍惚中看见他微笑着推门进来，挟着一路风尘，带着一脸沧桑……

这晚，外面下着小雨，诊所格外清闲，张医生通过手机登录 QQ，偏偏自己喜欢的网友都不在线，她不禁有些烦躁了。

张医生每天都很忙碌，这样的生活，让她多少有些厌倦。偶有空闲，她喜欢上网聊一会天。不为别的，只为寻求一点解脱，她希望网友能把她带到一个别样的世界。

爱是梦想的翅膀

透过诊所的玻璃大门，张医生看见大街上车辆来来往往，每当有轿车开过，她的内心会泛起层层涟漪。她打算买一辆车，可手头的钱还差几万。若是丈夫支持就好了，可是他不赞成她买车，也不可能借给她钱。在经济方面，丈夫一直和自己实行 AA 制，这让她很不舒服，其实她更希望能够不分彼此的。亲戚的钱她不愿意借，她怕丢面子。朋友倒是有不少，但她不敢开口，她怕开了口，钱没借到，朋友也丢了。倒是有个经常来诊所看病的大款主动表示可以借给她，可是从他看自己的眼神上，她知道这钱不能借。想到这里，她猛然觉得好孤独、好无助。

这时，诊所的门被推开了，进来的是一个衣着朴素的中年男子，个子很高，脸色黝黑，40 岁左右。他说最近浑身难受，一直靠吃药扛着，今天实在扛不下去了。

不知为什么，给那男子试脉搏时，张医生的手刚放到他的腕上，精神就开始恍惚。她感受着他那急促的心跳，内心却感慨着自己都记不清已有多长时间没接触丈夫的身体了。检查完毕，她很快就给他配好了药，并挂上了吊瓶。

诊所分两间，她多数在自己坐诊的房间里，有时也与病号聊会天。面对这个男子，她忽然不知道怎么做合适。经过短暂的犹豫，她决定与他聊聊。

男子是外省人，在附近打工，家里穷，老婆身体不好。因为工头不按时开工钱，让他的生活更加困难。

不知不觉间，针就打完了，男子很不好意思地说自己没带钱，也没有钱，问写个欠条行吗？不用了！张医生很干脆地说，没有钱，病也得治呀！你得打一个疗程才行，继续来打吧！张医生说这话时，忽然看见男子的眼里闪着晶莹的泪光。

以后几晚，男子都按时来打针。这晚，他比往常晚来了一个多小时，刚进诊所，张医生就发现了他脸上的伤，就急忙问他怎么受的伤。他解释说，妻子病情突然加重，他想从工头那里支点钱回家给妻子看病，可是工头死活不同意，他就硬缠着工头，结果工头叫人揍了他一顿……他说今晚不想打针了，短期内也没法还她钱了，他想尽快回家。

你没钱怎么给妻子看病？张医生问。

所以我想——想从你这里借点……男子很不好意思地说。

借多少？我手头正好有点钱。张医生不假思索地说。

五千可以吗？男子说完就低下了头。

没问题！不过你得答应我，今晚再挂一次吊瓶，虽说你的身体基本康复了，但还得巩固一下。张医生说。

给男子挂上吊瓶，想到以后会很少甚至永远也见不到他了，张医生忽然感到心里挺失落的。从一开始，她就认定他是个好人，从他言谈中透露出来的对妻子的关心，既让她羡慕，又让她嫉妒。她静静地坐在男子的身边，想说点什么，却又不知说什么才好。趁那男子不注意时，她会呆呆地看一会他，一撞上他的目光，她就急忙慌乱地将视线移开。

打完针，男子忽然一把抓住了她的手，你对我真好，我不知怎么感谢你才好！

张医生感到自己的手被他握很温暖，也得疼痛。她实在想不到他会这样，她想用另一只手打他一记耳光，可是抡起的手却停在了半空。

我真好吗？张医生盯着男子的眼睛问。

真好！那男子很肯定地回答。

那就放开我的手吧！张医生忽然冷冷地说。

男子急忙松开了手，红着脸，小声说，对不起！对不起！等我有钱，我会立即来还你的。

一个月，两个月，三个月……转眼一年时间过去了，那男子既没回来，也没联系过她。有时她很想了解一下他的情况，可是她几乎不知道他的任何信息，姓名、住址、手机号、QQ 号，一概不知。

病号不多的夜晚，张医生会坐在诊所，朝外看一会，发一会呆。有时她会想，自己是不是有些傻，是不是被骗了。更多的时候，她会在恍惚中看见他微笑着推门进来，挟着一路风尘，带着一脸沧桑……

有口难言

王县长想对那人解释，事情并不是这样的，但是市场上人头攒动，他连说话者是谁都没看到，又怎么解释呢？再说，即便解释了，他就能相信吗？

近来，王县长很郁闷，因为教委周主任转眼就要退休了，却没有新主任的合适人选。

要说随便找个人，那是再容易不过的事，或者说，他根本就不用找，这个位置有一大群人盯着呢。这些人，他都仔细分析过，没有一个合适。毕竟教委主任对全县教育影响巨大，他不能做对不起老百姓的事啊！

王县长是一个月前才来临海县的。这之前，他在省城工作，他知道临海县教育发展比较滞后，他对这个县的情况，尤其是教育状况，进行了深入研究，他认为是腐败问题影响了教师的工作积极性。

虽说一个优秀教师不应考虑名利得失问题，然而如果一个优秀教师老黄牛般埋头苦干着，当他哪一天忽然抬起头来，却发现那些平日工作不怎么努力的同事，早已凭着关系或各种手段成为自己的领导或所谓名师，他的积极性能不受到打击吗？

王县长决定下大力气改变这种现象，他认为选拔一个清正的教委主任尤为重要，因为只有这样，才能起到正本清源的作用。

这天，王县长到教委开会，忽然发现台下有个人似曾相识，王县长一打听，原来他叫孙志，自己的大学同学。上大学时，他们是同一班级的，当时自己是班长，孙志却只是一个普通学生。他思维敏捷，各科成绩几乎都是最优秀的，只是不善交际。

也许因为是班长的缘故吧！当时，几乎所有的同学都在以各种形式讨好他，唯独孙志没有任何表示。当时他负责学生的日常考评工作，因为这，甚至有好几次故意给孙志打低分，从而使他数次失去获得奖学金的机会。为这，后来他一直觉得过意不去。毕业后他通过选干进了省委，孙志却被分回了本县。此后，他们便从未

爱是梦想的翅膀

联系过。

"老同学，还好吧！我来了，你不会不知道吧，竟然不给我接风！"王县长握着他的手说。

"您是县长，难道还差酒喝！"孙志淡淡地说。

"那可不一样！想不到许多年过去了，你竟然一点都没变！难道还为同学时一些鸡毛蒜皮的小事而生气吗？"王县长说。

孙志急忙矢口否认。

天气虽然不是很热，王县长还是发现孙志额头渗出一层细细的汗珠。

那天下午，王县长推掉其他工作，与孙志进行了认真的交流。他发现孙志见解独到，思维清晰，只是由于诸多原因，很多想法没法落实。

后来，王县长了解到，多年之前，孙志因为教学成绩突出，被提为学校的教导主任，再后来又被提为教研室主任。那时，他还非常年轻，大家也都看好他。想不到多年以来，他的职位再也没有向上提过。

这晚，王县长躺在床上辗转反侧。这样一个优秀人才却得不到重用，实在令人感慨。

王县长忽然认识到他不正是教委主任的最合适人选吗？

把一个中层干部直接提拔为教委主任虽说有一定难度，但是王县长还是力排众议把孙志提了起来。

几天后的一个下午，王县长到市场上买菜，刚进市场，就听到有人在议论："本想换上新县长，咱县教育能够有所起色，想不到比原来的还差，纯粹是任人唯亲，简直太腐败了！这些日子，大家都在议论这事呢！你知道孙志为什么被提为教委主任吗？那都是因为他和县长是大学同学啊！"

王县长想对那人解释，事情并不是这样的，但是市场上人头攒动，他连说话者是谁都没看到，又怎么解释呢？再说，即便解释了，他就能相信吗？

王县长呆呆地站着，出了好一会神。

梦想成真

当漂亮的服务小姐穿过喧闹的饭店大厅向一间豪华单间走去时，有人流着口水说，好漂亮呀！那样的大闸蟹该有多么好吃呀！这些大闸蟹背后到底有怎样的故事呢？

作为女孩，虽说我总体素质低了些，但表面看来，除了肤色，我和那些漂亮女孩几乎没有区别。我皮肤上有一层黑锈般的东西，怎么也洗不掉，真是烦死人了！

我肤色差的根本原因是生存环境太差，我生活在缺水的环境里，而且喝的水中有大量农药残留。说实话，每天喝这样的水，能活下来就该知足了，偏偏我是个不知足的女孩，于是，我做梦都想改变命运。

我知道，如果离开这个鬼地方，到好的环境中生活，我的肤色完全能够变好，但我的每一次努力都失败了。于是，黑哥劝我说，认命吧！谁叫我们出生在这个地方。

我不理黑哥，依旧独自在田埂上徘徊。

终于，我的想法改变了。准确地说，是黑哥让我改变了想法。

很久以来，黑哥就对我有意思，我也非常喜欢他，但我一直没答应他。因为我知道外面的世界很精彩，只要离开这里，比黑哥强的男孩多得是。

可是黑哥对我太好了。

那天，我流了一夜泪。最终决定和黑哥过平常人的普通生活。第二天，我就投入了黑哥的强健怀抱。

这些天，我一直沉浸在幸福之中，因为我们就要结婚了。每当我去查看我们的新房，总会看见黑哥一言不发地埋头苦干着。与这样的男人结婚，我心里踏实。

这天，当我一觉醒来，忽然发现自己已经离开了家乡，我听到周围人声鼎沸，喧嚣无比；看见道路上车水马龙，热闹非凡。

看来，命运再一次同我开起了玩笑。不过也罢！毕竟离开家乡是我很久以来的梦想。也许我成为美女的梦想能够变为现实，于是渐渐高兴起来。

我和同伴们都被挤在一起，感觉很不舒服，于是我愤怒地推搡着同伴。当然，同伴也推搡着我。就在这时，我忽然发现了黑哥，令我吃惊的是他的一条胳膊没了。

我来到黑哥面前问他疼不疼，黑哥用残存的胳膊搂着我说，只要你还爱我，我就不疼。

我热泪盈眶。

听说过吗？只要美过容，我们就会成为最美的女孩。我们也许能够获得这次机会，只是要通过一道严格的筛选程序才行。

我看到了一线希望，沮丧的心再次高兴起来。

几天后的一个中午，一把大钳子伸了过来，不断地把我的一个个同伴弄走。听说，这就是那次令我们梦寐以求的筛选。我不动声色地向前挤着。

我被选中了！

接着是黑哥，然而黑哥刚被钳起来，就被重新丢了回去。黑哥看了我一眼，流泪了！我说，我会回来的，我要漂漂亮亮地做你的新娘。

我们被倒进一种气味难闻的水里，我们的身上立即冒出了一层气泡，我浑身疼痛，剧烈抽搐起来，我看见其他同伴也疯狂地抓挠着，接着我就失去了知觉。昏迷中，我感觉自己被轻轻拿起，然后就有东西在我的身上不停地擦拭。

当我再次醒来，我发现自己的皮肤已经变得白净细腻了，还被纹了身，戴上了袖箍，简直太漂亮了！

虽然浑身疼痛，我却是高兴的，因为我知道世上没有免费的午餐，美丽总得付出一定代价。

我一边忍着疼痛，一边盼望见到黑哥。我想，黑哥看到我，一定会高兴死了。想到这，我的疼痛似乎轻了一些。只是不知道，我们是否还能再次见面。

我还是非常幸运地见到了黑哥。那是在饭店的厨房里，黑哥和那些同样身受重伤或身形较小的同伴在一起，我拼命地呼喊黑哥，可是我的声音与饭店震天的喧闹相比，简直如同没有。直到我们同时被放进两个不同的蒸笼，我都不能确定黑哥是否看见过我。

在我失去知觉之前，我努力地舞动着，那是一段我练习了千百次，却从未跳给黑哥看的舞蹈，我本来打算同黑哥结婚那天跳给他看的。但是我却几乎一动都没动，因为我的手脚早已被绑得结结实实。

我知道自己的生命就要结束了，如果有来生，我梦想做个能把握自己命运的强者。

当漂亮的服务小姐穿过喧闹的饭店大厅向一间豪华单间走去时，有人流着口水说，好漂亮呀！那样的大闸蟹该有多么好吃呀！像我们，只能吃点味道腥臭的稻田蟹了……看来，我已经由一只普通的稻田蟹变成闻名遐迩的大闸蟹了。

商　机

留下手机号，看似简单，其实反映了很多问题。不留手机号，或经常换号，逃避了责任，同时也失去了成功的机会。很多时候，负责与成功是密切相关的！

这几天天气很冷，不开空调实在受不了。这天中午一下班，我就急忙去开空调，没想到空调竟然吹不出一丝热风。看来是空调坏了，我只得拨打空调公司的维修电话，可电话竟然是空号。

我的空调才买了一年多，怎么维修电话竟然成了空号呀！正在我气愤无比时，忽然看见名片旁边还有个手机号，号码写得歪歪斜斜，但好歹还能辨认出来。我这才想起这是当时安空调的小伙留下的。他很爱笑，看上去有二十七八岁。他是那家公司的十几个安装工之一，当时还大言不惭地说以后有事，可以拨公司的电话，也可以直接打他手机。

我抱着试试看的态度拨上了他的手机号码，没想到竟然通了。他很热情地问我有什么事，当我说明情况后，他说半个小时之内赶过来。二十多分钟后，他带着工具来了，他看了看空调，说问题不大，十多分钟他就给修好了。

我请他喝茶时，问他们单位的电话为什么成了空号。他说，受金融危机影响，公司倒闭了，电话就成了空号。

我问他现在干什么，他说自己一直在家闲着，这十多年来一直干空调安装与维修，没别的技术，不好找工作。

"那这些维修的事，不应该是你的呀！"我说。

"论说也是，因为不管给谁家安装或者维修空调，我都留下自己的号码，现在客户打电话，不给修一下觉得不好意思！所以就这么零零散散地干着，反正我也闲着。"说话时，他脸上露出憨厚的笑容。

临走前，我给他钱，他只要了5元钱。我知道，这个价格是很低的，因为我住在乡下，从城里到这里有10

多公里的路程，一般的维修者光交通费就得多收十几元。我说他要的太少了，他说一点都不少，权作出来散散心，反正他在家里也闷得慌，还说以后有什么需要服务的，尽管找他。

几个月后，我的空调碰巧又出了故障，就再次拨通了他的手机。半个多小时后，来了两个中年人，我问那个小伙为什么没来。

其中一个中年人说："你说我们的老板呀！他现在很忙，一般不出来了！"

他竟然成了老板，我感到纳闷，就询问起他的具体情况来。原来，一开始，找他维修的还不很多，后来越来越多，他一个人忙不过来，就叫来几个原来的工友，成立了一个小小的空调维修部。

因为他在公司干了十多年，又一直没有换号，所以光老客户业务就很多，再加上新揽的一些业务，效益总体很好。

我问他们为什么不也做老板，一个中年人撇了撇嘴说："谁像他那样有心计呀！每次维修都留下自己的手机号，并且十多年来从不换号！"

"其实，这本来就是公司的规定。多年以来，公司一直要求，不管谁安装、维修了空调，不但要留下公司名片，还要留下自己的姓名和手机号！因为公司检查得不很严格，所以我们基本上都不留，偶尔留了几次，我们嫌麻烦，往往故意经常换号，所以不会有人联系我们。"另一个不无感慨地说。

一个打工者，因为认真执行了公司的一个规定，竟然成了老板，实在让人感慨。我想，留下手机号，看似简单，其实反反映了很多问题。这里面除了纪律意识，还有一种对客户负责的诚信意识。不留手机号，或经常换号，逃避了责任，同时也失去了成功的机会。很多时候，负责与成功是密切相关的！

空调很快就修好了，临走前，他们留下了新单位的名片，也都留下了自己的手机号码，我看见他们的手机号码都写得非常工整。

美女辞职

寻找一份惬意与悠闲！一句轻飘飘的话，在王骏心里却产生了强烈的震撼，为了实现梦想，多年以来，他不停地打拼着，不但自己没有了惬意与悠闲，而且使和他一起创业的人也差点迷失了自己……

又一桩生意基本谈成了，王总如释重负，他刚准备让客户品茶，外面却忽然传来了吵闹声。那人骂骂咧咧，口口声声要找王总，客户皱了皱眉头，找了个借口，匆匆离开。不用说，这桩生意又黄了。王骏气冲冲地走出办公室，大声地说："我就是王骏，你找我干什么？"

那人奔向王骏，一把鼻涕一把泪地说："王总，无论如何，你得替我做主啊！"王骏仔细一看，来人是公司副总郑鸣的老婆小李，心里一下明白了七八分，不过他还是故意装作不了解，耐心地询问到底发生了什么事。

爱是梦想的翅膀

原来这些日子郑鸣很少按时回家，即便回家也来去匆匆，她早就怀疑他有问题，前些日子和厉莉一起出差回来后，厉莉就辞职了，再傻的人也能猜出原因，郑鸣却始终不承认自己犯了错误。小李说再这样下去，他们除了离婚，别无选择。王骏答应一定会把这事处理好，最后才好不容易把小李劝走。

厉莉辞职的事在公司反响很大，厉莉年轻漂亮，工作出色，是公司的业务经理，虽然已经30出头却依旧单身。前些日子和郑鸣一起到北方联系业务，回来后就辞职了，当时王骏曾用加薪、进职等方式竭力挽留她，厉莉却不答应，王骏认为她有难言之隐，厉莉也矢口否认。公司里传言很多，但多数还是指向郑鸣，尤其是厉莉在别的单位找了个薪水很低的职位后，人们的议论更多了。

郑鸣躲在办公室里愁眉不展，他的电话响了，是王总叫他。于是无精打采地来到王总办公室。郑鸣还没来得及坐下，王总就毫不客气地说："厉莉辞职的事你必须解释清楚，即便你说厉莉辞职与你无关，你老婆闹到单位不会与你无关吧？"

郑鸣愁眉苦脸地说："近来，我与老婆的关系确实很僵，不过，我也都是为了公司啊！像昨天晚上，我本来说好给她过生日，想不到维达公司的代表过来了。"昨天晚上，王骏也在场，当他们谈妥业务，吃过饭，唱过歌，泡完脚，已经接近午夜了，待他回家，估计再早也得是第二天凌晨了。想到这些，王骏不禁有些尴尬，就说："为了公司，你尽职尽责，我非常清楚，不过，我们现在谈的是你的家庭以及厉莉辞职的事！"郑鸣坚持说自己确实不知道厉莉为何辞职。

王骏不禁再次火冒三丈，他拍着桌子说："你必须给我解释清楚！刚才你老婆这一闹，几百万的业务又黄了，照这样下去，我宁愿让你辞职！"郑鸣低着头说："这个单位我确实没法待了！不过，厉莉辞职确实与我无关！"说完，就把辞职报告放在了桌子上。

王骏想不到郑鸣早就准备好了辞职报告，他目瞪口呆，好久没反应过来。下午，王骏给厉莉打了个电话，说已经把郑鸣赶出了公司，叫她无论如何得回来，并且打算把副总的位子留给她。厉莉接到电话后，不足十分钟就赶到了公司，王骏说："现在，你可以毫无顾虑地说出你辞职的原因了吧？"

厉莉说："我早就说过，我辞职与郑鸣毫无关系，你给我留的位子，我也不会接受。不过，我辞职确实与那次出差有关。在那个小城，我碰见了一位大学同学，她一家三口，住在城郊，生活简朴，却其乐融融。这些年，我早起贪黑，殚精竭虑，事业虽然有所发展，可是根本没有了自己的生活，回到家中，我几乎成了一个'干物'。从那一刻起，我下定决心辞去这份工作。我辞职其实是为了寻找一份惬意与悠闲啊！我在辞职报告里没说这件事，是因为说了你也不会相信啊！"

寻找一份惬意与悠闲！一句轻飘飘的话，在王骏心里却产生了强烈的震撼，为了实现梦想，多年以来，他不停地打拼着，不但自己没有了惬意与悠闲，而且使和他一起创业的人也差点迷失了自己。王骏一瞬间百感交集，实在不知说什么才好。

爱是梦想的翅膀

　　后来，他修改了单位的工作制度，增长了员工的休假时间，扩大了员工自由发展的空间。国庆期间自己也放下手头的工作，破例同家人到外地好好放松了几天。几个月后，当他察看公司业绩时发现：公司各个部门之间的发展与协调情况竟然比原来和谐了许多，这实在时大大地出乎了他的意料。

第三辑　追梦无悔

　　种子的梦想是开花结果，雄鹰的梦想是展翅飞翔，骏马的梦想是驰骋千里。带着梦想上路，梦想就会变成一种神奇的力量。追梦路上难免有艰难险阻，追梦路上，定会有酸甜苦辣。既然有梦，就要不畏艰难险阻，勇敢追求，即便遍体鳞伤，也无怨无悔。这些追梦故事令人永生难忘，这些追梦故事令人热血沸腾……

梦想背后的故事

　　知道实情后，王老师感慨无限，他不禁暗暗告诫自己，今后一定要尽量尊重学生的选择。因为，有时，你不可能知道学生有怎样的梦想，也不知道这个梦想背后有怎样的故事……

爱是梦想的翅膀

王老师没想到一向很听话的燕红，突然变得这么倔强。

进入高二，学校对学生进行分流。所谓分流，就是根据学生的爱好特长以及文化课基础，把爱好相同的学生分到同一个班，这样便于管理与教学，也有利于学生发展。

燕红的文化课基础很好，老师希望燕红专心学习文化课，想不到燕红坚持学习美术。实事求是地说，学美术的学生文化课基础多数较差，文化课基础这样好的一个学生，学习了美术，王老师觉得非常可惜。

王老师做了很多工作，想不到燕红却毫不动摇，他异常生气。他想跟燕红的父母交流一下情况，让她的父母劝说她，偏偏他们都在外地打工，通过电话联系上后，他们都表示孩子学什么由她自己决定。既然没有任何办法可以阻止她，干脆先让她学习一段时间，如果她觉得不合适，再让她回到普通班级学习也未尝不可。王老师有些无可奈何地想。

转眼间，一个学期就过去了。期末考试，燕红的文化课考得很好。让王老师想不到的是，她的绘画也几乎是最优秀的。王老师询问美术老师燕红今后发展潜力如何。老师赞扬燕红说，她对色彩和线条非常敏感。王老师感到高兴的同时，也有些莫名的失望。

高三下学期，市电视台组织一次以"我的梦"为主题的中学生绘画大赛。大赛分两个阶段进行：第一个阶段是初赛，学生自由创作。第二个阶段是决赛，学生现场作画。学校很多学生都参加了比赛，但是进入决赛阶段的只有燕红一个人。

这次比赛除了看学生的绘画基础，还要比学生的想象力。不用说，凡是参加比赛的，绘画基础都不错，谁的想象力更强，谁肯定会胜出。

通过前几轮的比赛来看，燕红的想象力非常强，几乎每一张画都有让人眼前一亮的东西。最后一次比赛的题目是"梦中的家乡"，只要胜出，燕红就会获得冠军，大家对燕红也非常期待。然而那幅画燕红却画得非常普通，甚至连一点想象的成分都没有：弯曲的柏油马路、低矮的远山、清清的小溪、几块石板搭成的小桥，还有低低的石头房子……

当然，燕红与冠军失之交臂了，大家都为燕红感到惋惜。

"自从参加比赛以来，你的每一幅画都是充满想象力的，为什么最关键时候的这幅画这么普通？"主持人问她。

"我梦中的家乡就是这样的！"燕红说这话时，眼里已经充满了泪水。

"为什么不是更美好一些的呢？"主持人感到奇怪。

"我梦中的家乡就是这样的！"燕红再次强调说。

"作为这次比赛的亚军，电视台会帮你实现一个梦想，您的梦想是什么呢？"主持人问。

"我想找到一个和我画上一模一样的地方，哪怕十几年前曾经这样也行。"燕红说。

"能告诉大家为什么吗？"主持人问。

燕红说这是她的一个秘密，她非常希望找到这样一个地方，主持人只得答应想尽一切办法帮她寻找。

电视台通过多种方式，最终还是找到了那个地方。

那是几千里路外的一个小山村，而燕红的秘密也随之揭开，原来她是一个被拐卖的孩子。被拐卖的时候，因为年龄太小，根本不知道家乡是哪里，只是隐约记得自己家乡是这样的，而家乡的样子也曾一次次闯进她的梦乡，于是她发誓学习绘画，画出家乡的样子并找到家乡。这个秘密，此前她没告诉过任何人。

知道实情后，王老师感慨无限，他不禁暗暗告诫自己，今后一定要尽量尊重学生的选择。因为，有时你不可能知道学生有怎样的梦想，也不知道这个梦想背后有怎样的故事。

中华万福

自己投入巨资、辛苦十几年创造的"中华万福"巨印，明明可以给他带来数百万元的收入，但是他却选择了无偿捐献给国家，这是一种多么伟大的精神……

接到同学的电话时，我正在为被几件琐事困扰着，心情特差。

同学说，咱高中同学李亮的家乡有片山林，景色不错。有人打算开发，想先发掘一下当地的文化资源，叫我执笔，我觉得难以胜任，就想到了你……

对这类活动，我是不太愿意参加的。总觉得搞这类事，肯定离不开钱，而一涉及钱，往往因为利益之争弄得矛盾重重。但碍于同学的情面，不便拒绝。

第二天，我们驱车去了那个山村，拉上村里的向导后继续前进。直至无法开车，才下车步行。顺着山间小道慢慢转进山里，爬上一个小山头，放眼四望，但见苍松漫山，梯田层叠。几个山头连在一起，恬静和谐。山坳里，点缀着几个不大的人工塘坝，水平如镜，波光潋滟，无数小鸟在山水之间悠悠飞翔。

真的挺美！

"我们要去的莲花台，比这儿美多了，得翻过这个山头才能看到！"五十多岁的向导指着一个山头说。

大家继续朝前进发。爬上那个山头，莲花台就近在眼前了。

果然更美。周围的山石都是苍褐色的，唯独这个山头是暗红色的，山上植被很少，棱角分明的山石多是裸露着，从远处看，像极了一簇绽放的美丽莲花。

大家纷纷惊叹大自然的造化之美。

"听说莲花台还有个美丽的传说？"我问向导。

"这莲花台上以前住着神仙，后来山上失火，神仙就搬走了。现在台顶还有石炕、石桌、石盘等仙人生活遗迹……"向导说。

"是哪路神仙？怎样失的火？神仙在这里发生过什么故事？"同来的魏教授急忙问道。

"那就不知道了！问过村里的几位老人，都说不知道。有几位可能知道的，年龄太大，交流起来很困难……"向导叹口气，憨厚地笑着。

"看吧！这就是我们肩负的历史使命。这些故事，现在搜集整理，一定还能找到。我们不搜集整理，以后恐怕就真的没人知道了。"魏教授说。

爱是梦想的翅膀

　　关于上不上莲花台，大家的意见很不一致。在城里生活惯了，体力是个问题。最后，大家决定各随其便，愿攀登的，继续；不愿的，就地休息。我们克服困难爬到山顶，虽没找到仙人的生活遗迹，却看到了在山下无法看到的美丽景色。

　　午饭是在向导家吃的。饭桌上，大家的话题自然围绕开发莲花台展开。

　　魏教授是这次活动的主角。魏教授很健谈，颇有胸怀天下的气度。一桌子十几个人，都在听他发表高见。

　　"作为普通老百姓，我们做不了中流砥柱，但绝不能随波逐流，我们必须利用短短的一生多做些有意义的事……"

　　"我们要搞的开发一定是保护性的，绝不能把环境破坏了……"

　　"我走到哪里都要传播'万福'文化，'万福'文化是中华文明的一个缩影……"

　　"今天有收获吗？对魏教授印象如何？"回程路上，同学问我。

　　"感觉不太靠谱，不过魏教授挺能忽悠！他是哪里的教授？"我笑着说。

　　"不是忽悠，他确实是德艺双馨的大家！其实魏教授是咱县的一个地道农民，因为在艺术上取得了非凡成就，被清华大学和北京电影学院等高等学府聘为客座教授。"同学说，"魏教授书法、绘画、篆刻都极有建树。他的字画每平尺价值数千元却从不出售。他最惊人的创举是用 17 年时间克服重重困难制作了总重 60 吨的'中华万福'巨印，这个巨印创造了吉尼斯世界纪录和多项中国之最，为此他欠债数十万元，有公司为了让他把巨印放在自己的景区许诺每年给他数百万元，也有单位开出 500 万元的价格购买，他却毫不犹豫地无偿献给了国家，现在这个巨印屹立在清华大学……"

听完同学的叙述，我差点被惊倒。我突然觉得他们策划中的开发再困难也能成功。也是从这一刻开始，我感到周身热血沸腾，多日来心中的烦恼一扫而光。对这件事，我会竭尽微薄之力的……

清溪畔

清溪曾经名副其实，然而多年之前，清溪就由清可见底的小溪变成污浊不堪的臭水沟了。清溪变化如此之大，是因为清溪旁边每天有无数的故事在上演……

"清溪畔"是一家小饭店的名字。

清溪畔紧邻一条小溪，溪水是从几里外的小山上流淌下来的，虽然很浅，却四季长流，人们称之为清溪。

清溪名副其实，溪水清澈见底，水里有许多小鱼小虾。那些小鱼，多是当地人叫作"趴鱼"的一种鱼，这种鱼平日静静地趴在水底的沙石上，只有受惊，才纷纷四散逃跑。那些小虾们，也喜欢静静地附着在溪边的水草上，几乎与水里的沙石水草融为一体。

开餐馆的是一个四十多岁的中年人，姓孙，憨厚老实，平日少有言语。虽然年龄不大，却有一头花白的头发，来吃饭的人，不管年龄大小，都习惯喊他老孙。

清溪畔很小，小到整个店里只有老孙一个人。老孙很勤快，把小店收拾得非常干净。

老孙做菜没有多少花样，每道菜都像家常菜，但吃起来非常可口，再加上价格便宜，附近的人都喜欢来这里吃个便饭。

"老孙，你该给饭店取个名字！"这日，经常来吃饭的老张说。老张是附近工厂的保安，年轻时喜欢写诗，人们都戏称他为"诗人"。

"多大个饭店呀！还需要个名字，没有不也一样！"老孙憨厚地笑着说。

"那可不一样！"老张抿一口酒说。

"你是诗人！你给取个名字吧！"老孙说。

"就叫'清溪畔'吧！"老张说。

"诗人就是诗人，取得真好听。"老孙说。同在吃饭的几个人也都觉得挺好。此后，这店名虽然一直没挂起来，却叫开了。

十几年来，清溪畔在这个小镇上就这样一直开着。这些年，镇上经济发展迅速，一座座高楼拔地而起，也接连盖起了许多规模不小的饭店。

"老孙，你怎么不扩大一下规模呀？雇个厨师，招几个服务员！你这样，累不说，还赚不到钱！"这日又有人劝他。

其实，老孙也不是没有打算，这十几年开餐馆的经验，让他知道了这个行业的一些经营诀窍和利润空间，如果能开一个能容纳一百余人同时就餐的餐馆，年收入是相当可观的，那样自己就可以彻底治好媳妇的病并尽快把儿媳妇娶回家了。

只是前期的基础投资他尚未攒够，当然，也可以通过贷款解决，可是贷款太多的话妻子不赞同。如果今年能够净赚 10 万元就好了。

这年头几个月店里生意一直很好，吃饭的几乎天天爆满。每当最后一拨顾客走完，老孙都会仔细算一下这一天的收入。每当此时，老孙就觉得生活特别有奔头，那真是累并快乐着。照这样下去，完成自己的既定目标一点问题都没有。

可是，近日店里忽然冷清下来。

这显然与经济形势无关，现在这经济形势下，多数大饭店生意不太好是事实。但像自己这种规模的小饭店是几乎不受影响的。那自己的小店为什么突然就不行了呢？

他也曾试着采取各种办法吸引客人，但是来吃饭的还是越来越少，就连那些多年来一直在自己店里吃饭的老顾客也纷纷到别的地方吃饭去了。在苦苦支撑了几个月后，他只得关门大吉了。

多年来，老孙已经习惯了开餐馆的生活，饭店关门后，自己没别的手艺，找不到合适的活干，整日既无聊又郁闷。儿媳妇因为婚期再次推迟而闹别扭，妻子因为着急上火病情急剧恶化，家里简直乱成一锅粥。

这天，他和几个朋友在附近新开的一家小酒馆喝酒。忽然听到隔壁经常到自己小酒馆吃饭的几个人一边喝酒一边聊天。

那个老孙呀，太过分了！他的餐馆就活该倒闭。

我们看他实诚，在他的饭馆里吃了那么多年的饭，真想不到他竟然从臭水沟里提水洗菜，一想起来我就恶心！

老孙顿时惊住了，和他一起喝酒的几个人也都吃惊地看着他。天热，小店里没有空调，老孙喝上几杯酒后脸上本来就汗涔涔的，听到这话后，额头上的汗不住地往外冒。

其实，自己经常从臭水沟里提水是事实，不过那是用来冲洗厕所的。那么从水沟里提水洗菜的说法又是怎么传开的呢？他想立即过去找那个人问个究竟，可是猛然认识到事情也许没那么简单。

那条臭水沟就是清溪。多年前，清溪就由清可见底的小溪变成污浊不堪的臭水沟了。

只想往前冲

在赛场上，我什么也不想，只想竭力往前冲，并发挥出我自己的最好水平。于是我成功了。其实，很多时候就是这样，只有轻装上阵，才能获得更好的成绩。

在某省级电视台的一个竞技的节目的季冠军决赛中，两个年轻人相遇了。他们都是刚刚20出头的年纪，能够战胜众多选手才走到最后，可谓势均力敌。说实话，在决赛中不管谁胜出，都在情理之中。然而，比赛就是这样，残酷而无情，冠军将会获得一辆价值 10 万元的轿车，亚军将什么也得不到。

他们两人各有特点，徐均的特点是发挥稳定，几乎从未有失败的时候，始终保持在平稳较快的水平上。张锴的特点是速度稍快一点，目前最快纪录是由他保持的，但是他的不足是发挥不稳定，有时很快，有时较慢，还有时会因落水而失败。到底谁会胜出，这真是一个未知数。观众都很紧张地等待着比赛结局。

比赛采用的 7 局 4 胜制。

前两局比赛，徐均都发挥得很好，每一跑都近乎完美。而张锴正好相反，第一跑没有发挥好，第二跑直接失败了，这样徐均就轻松地拿下了前两局。

大家实在想不到会是这样的开局，大家甚至已经看到了比赛的结果——那就是徐均轻松获胜，毕竟徐均发挥一直都很稳定。

但是比赛却发生了戏剧性的转折，在接下来的两局比赛中，张锴的每一跑都近乎完美，速度也发挥到了极致。而徐均还是一直停留在原来的水平上。当然，这两局张锴赢了。这样在前四局的比赛中，他们就比成了平手。

比赛的结局变得难以预料起来，他们两个人似乎也都变得非常紧张了。说实话，他们都非常希望获得这次比赛的胜利，都非常希望获得这辆轿车。徐均想获得这辆轿车是为了和他的未婚妻结婚，徐均是在比赛中和自己的未婚妻相识的，妻子本想尽快跟他结婚，他却坚持等获得冠军之后，用这辆轿车迎娶自己的新娘。为此，他甚至一次次推迟自己的婚期。张锴想获胜的欲望也很强烈，他的家庭经济情况不好，奶奶有病却没钱医治，他想获得胜利并把轿车卖掉，从而给奶奶治病。

也许都感到自己遇见强手了，他们虽然都表现得把对手不放在眼里，但是似乎都对接下来的比赛感到了巨大的压力。

在接下来的一局比赛中，张锴首先上场，他跑得速度明显比前几次慢了许多，就在大家都觉得这一局徐均一定会获胜的时候，徐均竟然意外失手了！这可是一直发挥稳定的他，以前从未出现过的事情。

比赛变得更加紧张了，张锴只要在胜利一局就可以获胜，而徐均只有在接下来的两局中全部获胜才能赢得胜利。

在下一局的比赛中，张锴本来应该更紧张一些，因为他如果能够赢得这局胜利，他就能够获得季冠军，实现他的梦想。但是他表现得很镇静，并没有表现出过度的紧张。而徐均却显得焦躁不安起来，他也许从未遇到过这么大的挫折，虽然天气很冷，但是大颗大颗的汗珠还是不停地从他的额头滚落下来。虽然如此，这一局他还是发挥得很好，很顺利地取得了胜利。

现在只剩最后一局了，前面所有的比赛比成了平手。在这个时候，谁也不可能不紧张。这次是徐均第一个出场，徐均虽说发挥稳定，也许与已经连着跑了6次有关，这次他跑得比一般速度慢了一秒多钟。当张锴镇定地走向起跑线的时候，人们看见张锴的眼里充满了自信与淡定，果然在这最后一跑中却跑得非常完美，跑出了全场最快的速度。这样，张锴就获得了最后的胜利。

当记者问本来发挥一直很稳定的徐均，在这次比赛中何以发挥得如此不稳定时，他说，我就是太想获得这辆轿车了，太想在未婚妻面前表现自己了！

当记者问及张锴何以发挥得这么稳定时，张锴说，说实话，在赛场上，我什么也不想，只想竭力往前冲，并发挥出我自己的最好水平。

甘愿冒险的母亲

明知自己很危险，她却毅然选择了冒险。这根本上还是源于一位母亲对孩子的爱。然而，时代在发展，世事在变化，母亲的选择到底能不能帮助女儿呢？

"我的身体状况，你了解，如果我再生一个孩子，你觉得我的身体能够承受得住吗？"这日，聊了一会天后，蓝娜突然问李婉。

"你疯了！你忘记生第一个孩子时差点丢了命的事吗？那时你才多大，不到 30 岁。现在你都 40 多岁了，还这么胖，血压那么高，这可不是闹着玩的！"李医生觉得蓝娜的想法实在是不可思议。

蓝娜与李婉是一对闺密。蓝娜家境优越，在家做全职太太。李婉是一家私人诊所的医生。在多年的医患关系中，她们结下了深厚的友谊，成立无话不谈的朋友。

蓝娜身体不是很好，由于遗传因素，再加上比较胖，

爱是梦想的翅膀

血压一直非常高，这让她在怀孕生第一个孩子的时候，吃了很多苦头。当时她曾发誓说，这辈子，再也不生孩子，没想到现在又有了再养一个的念头。

"你的意思是说，会有生命危险，是吗？"蓝娜有些紧张地问。

"对！非常危险，即便没有危险，对你的身体危害也很大！所以你最好别冒这个险。你现在生活多幸福，怎么这么不满足呢！"李婉说。

蓝娜认真地点了点头。

对李婉的话，蓝娜并没有听，因为几个月后，蓝娜就怀孕了。果如李婉所言，怀孕五个月后，蓝娜的身体就坚持不住了，血压收缩压已经接近200，除了血压高，头晕、腿肿等各种症状也越来越严重。

一开始蓝娜还坚持自己到诊所找李婉治疗，再后来连走路都不敢了，于是只能躺在家里静养，李婉只得每天抽空去给她治疗保健一下。

"叫你不要生，你偏偏要生。这才6个多月就这样了，以后怎么办？"这天，给蓝娜治疗完毕，李医生说。

"没事！我觉得我一定能挺得过去！我一定能生个健康的宝宝！"蓝娜很肯定地说。

那个冬天，几乎一冬无雪，那日却突然下雪了。雪花飘飘扬扬，下了整整一天。也就是在那个下午，蓝娜突然晕倒了。后来在医院查明，她的脑血管破裂了。

所幸送医院及时，孩子没流产，但是她的一条腿却几乎失去了活动能力。

李婉来到医院看她时，蓝娜正躺在床上看书。

随笔随语

"可把我吓坏了！那天我突然跌倒，我生怕跌坏了孩子，没想到医生说对孩子影响不大。你说我这样，会影响孩子的健康吗？"蓝娜一脸抑郁地问。

"孩子！孩子！除了孩子你还能想到什么？我叫你不要养，你偏偏不听。现在后悔了吧！"李婉气愤地说。

"不后悔！真的！我相信我一定会成功的。"蓝娜说。

"即便成功了，你觉得值得吗？"李婉反问道。

"值得，真的值得。"蓝娜很肯定地说。

"不理解！"李医生轻轻地摇了摇头，过了好久又说，"不过你想要孩子的心情我很理解，说实话，我也一心想再生一个孩子，可是自从国家单独二胎政策出台之后，我就改变主意了！你想呀，咱不生，孩子就可以多生一个，咱生了，孩子就可能会失去多生一个的机会。算来算去，还不如把机会留给孩子，咱还赚个轻松！"

"别说这单独二胎政策了，要不是这政策，我还不会冒这么大的险要这个孩子。我知道生孩子的苦，所以宁愿自己多生一个，也不想让孩子多受一次这种苦。我只要把这孩子生下来，文文就不是独生子女了，以后找对象只要别再找独生子女，就不用生两个孩子了！为了让孩子少受一次罪，我受再多的罪，我也觉得值得。你也许觉得我的想法是可笑的，可这却是我最真实的想法。"

蓝娜一边说，一边轻轻抚摸着圆滚滚的肚子。她那爬满妊娠斑的脸上，洋溢着幸福的笑："当然，你养的是男孩，你也许永远也体会不到我的良苦用心。"

减速的鸡蛋

母亲是倔强的，为了养鸡，母亲不顾子女的反对，克服困难，设法买到小鸡，可谓费尽心机。母亲的做法让儿子非常生气，然而儿子并不知道，母亲这样做完全是为了自己……

"能请假的话，你就回来趟吧！你妈骑三轮车跌伤了，正在镇医院治疗。"接到父亲电话，我心中一紧，立即安排好手头的工作，请了假往镇医院赶。

母亲到底骑车干什么了，怎么这么不小心？我边往回赶边想。母亲以前不会骑车，前些日子刚学会的骑三轮车，但很少骑。

赶到医院，看过躺在病床上的母亲，我急忙向医生询问情况，知道跌得并不严重，才松了一口气。原来母亲骑三轮车到十多里外的镇上去买小鸡，回来时，因躲避一辆汽车而翻到了沟里。

"叫你别养鸡了，你就是不听，为了买小鸡跌成这样，多不值得！"我有些生气地批评母亲。

母亲有养鸡的习惯，以前每年春天都有到村里卖小鸡的，这些年没有了，只能到镇上买。母亲平时基本不赶集，但她怕父亲挑的小鸡不好，才自己骑车去的。

母亲习惯把鸡放养着，家里盖新房后，院子很小，再养上一些鸡，不大的院子里往往鸡屎遍地，一不小心就会踩一脚，很不干净。因为这，孩子甚至不愿意跟我回家。我不想让母亲养鸡的另一个原因是去年发生了禽流感，觉得在家养鸡不安全，我曾多次建议母亲不要养鸡了，可母亲就是不听。

母亲胳膊虽轻微骨折，但也住了十多天的院。

那些小鸡呢？出院刚到家母亲就着急地问。被我送人了！我有些生气地说。送人干什么？我好不容易买来的。母亲顿时不高兴起来。因为那些小鸡你受了这么大的罪，怎么还想养？我觉得母亲简直不可理喻。

两周之后的周末，我回家看望母亲，一到家，就看见院子里有一群小鸡跑来跑去。

又买小鸡了，这次怎么买的？我问。

还能怎么买？你妈对我不放心，还是自己骑车去集上买的呗！父亲说。

我虽然很生气，但也没再说什么。吃过饭，我推上摩托车准备回去，母亲急忙从屋里拿出一个小包说："这些日子没喂好鸡，攒的鸡蛋不多，你拿着吧！"

"我不拿！"我有些生气地推着摩托车往外走。

我把车推到街上，正在打火，父亲又急急地追了出来。

"别跟你妈生气了！带上这些鸡蛋吧。也许你不知道，你妈坚持养鸡是为了攒鸡蛋。你妈知道你做事毛糙，骑车快，担心路上不安全，所以你每次回家她都尽量让你带上些鸡蛋，为的是逼你骑车慢一些、稳一点呀！"

听完父亲的话，我顿时目瞪口呆。

因为那份尊重

明明知道他所从事的工作对身体有危害，甚至因为这个而住进了医院，但是他拒绝起诉老板，甚至表示当身体好了，立即前去工作。这到底是什么原因呢？

刚转过楼角，老雷就看见楼道口坐着一位中年男子，他坐在一个鼓鼓囊囊的化肥袋子上面，脸朝向别的方向。

突然，那人转过脸来，老雷吃了一惊。他的脸上有好几块瘀青，裤子上的泥巴虽然已经弄掉，痕迹却依旧清晰可见。

这不是多年未见面的姑家表弟金子吗！他这是怎么了，老雷一边琢磨，一边热情地和他打招呼。

老雷把表弟领回家后，弄了几个菜，就和表弟喝起酒来。

乡下人也是人，怎么在城里连卖个菜都不行！眼看一斤酒就要喝光了，金子才开始说这事。

原来，金子是在卖水果时出事的。他已经来这儿打工半年多了，此前在一个工地干，老板拖欠工资严重，就不再干了。他看见卖水果收入不错，就从市场批了几样水果在路边卖，不想没几天就被城管发现了。为了保住那些水果，他硬拽着城管不让没收东西，结果被磕成这样。因为手头没钱了，也没合适的地方住，就想在老雷家暂住几天。

此后一段时间，金子一直暂住在老雷家，虽说有几次要搬出去，老雷再三挽留，也就住了下来。金子回来有早有晚，多数时候，老雷都陪他说说话，也就知道了金子的一些情况。

他先是在劳务市场上干。干劳务市场的好处是多数时候每天都可以拿到工钱。不足是找到活时，往往非常疲惫；找不到活时，他心情就既沮丧又着急。最让他看不惯的是那些态度蛮横的雇主，他甚至宁愿少挣点，也不愿受雇主的气。因此，他有时好几天都找不到活。

两个月后，他还是决定找个固定些的工作了。他先是在一家饲料厂当装卸工，装卸工的活收入虽不少，可是不到一个月他就和装卸组的组长吵了架。老雷问他吵架的原因，金子气愤地说，真欺负人，不就比我们早干了几天，也是个临时工，谁请他喝酒他就给谁安排轻松的活，谁没请他，他就给谁安排又脏又重还不赚钱的活，我实在受不了这口气。老雷说，这还不好办，你也请他一顿不就得了。金子气愤地说，我才懒得请他，我宁愿不干这活。此后，他陆陆续续地在好几个单位干过，总干不长。半年后，他在一家家具厂找到了工作，就离开了老雷家。

老雷再次见到金子，是三年之后的事情了，那时金子因为得了非常严重的尘肺病而住进了医院。老雷看到躺在病床上的金子时，差点惊呆了，他整个人瘦得皮包骨头，与三年前健壮如牛的他几乎判若两人。

这几年，你一直在家具厂干？老雷问。

金子点了点头。

不是我说你，当时我让你干一段时间，就尽快别干了，你怎么就是不听？老雷说出这话又后悔了。

金子似乎没听见老雷的话，只顾去逗弄老雷的小孙子。

这是职业病，老板得负责治疗并进行赔偿。现在医药费是怎么处理的？老雷说。

都是自己出的。金子的儿子回答。

你们该去厂里找老板的，他不负责就找律师起诉他！老雷说。

起诉！起什么诉？你是来看我的，还是来挑事的？金子忽然大吼道。

老雷怎么也想不到金子竟然会这么生气，他一时竟不知怎么做才好。病房里也静了下来，静得能听见打点滴的嘀嗒声。

我这病与在那儿干活无关，真的……你不知道在那儿干活，我心情有多舒畅，你不知道张老板对我有多敬重……等我病好了，还去他那儿干。

因为气短，金子这些话说得断断续续，泪却从未断过。于是他那枯瘦如贫瘠山野般的脸上，顿时就添了两条汹涌澎湃的河。

绝对机密

面对献血名额，有的人担心，有的人主动争取。如何分配献血名额成为领导头疼的问题，关于献血，外贸公司发生了很多令人匪夷所思的故事，故事里有个什么样的机密呢？

赵卫在外贸公司工作，这个单位多数工作都好开展，唯独献血工作不好搞。不好搞的原因一是单位员工青黄不接，要么岁数大了，要么准备结婚要孩子。另一个原因嘛，就是很多人怕献血影响身体健康，所以找个人献血真的很难。

赵卫结婚两年了，本想有了孩子再献，可妻子一直没怀孕。人们私下都说赵卫怕献血，连孩子都不要了！赵卫觉得挺不好意思的。

今年赵卫所在的办公室分到一个名额，献血之前照例先开动员会，没等主任说完，赵卫就非常主动地要求去。张主任笑着说："这么说，杜红有喜了！"张主任这么一说，其他人也都七嘴八舌地跟着道喜。赵卫本来就腼腆，再加上妻子没怀孕一直是他的心病，大家这么一闹腾，赵卫结结巴巴说不出个子午卯酉。

小杜怀孕的事很快传遍单位，小杜也在外贸公司上班，她听说赵卫报名献血就气坏了，又听说赵卫说她怀孕更是火上浇油。回家后，小杜就跟他吵了起来。最后，两人竟然动起了手。

第二天，赵卫请假没来上班，小杜风风火火地来到办公室要求主任让别人去，并说自己没有怀孕。主任笑着说献血是赵卫自愿报的名。小杜说："无论如何，不能让赵卫去，即便把名单报上去了，赵卫也不会去。"说完就气呼呼地走了。

主任打电话给赵卫说："明明是你自己主动报的名，怎么叫老婆来胡闹，现在单位急着要名单，你要我怎么办？"赵卫说："你不用管她，我肯定去献，我请假是因为脸上有伤，怕被人笑话！不过，小杜并没有怀孕。"

主任没好气地说："说来说去，你还是不想献血啊！"

赵卫说："小杜确实没怀孕！"主任笑着说："赵卫啊！你就别兜圈子了，献点血就把你吓成这样！我都献过三次了，身体哪受到半点影响？"

赵卫说："你别误会，我肯定去。"

主任没好气地说："真想去，何必演双簧给我看！"说完就把电话"啪"地挂了电话。

赵卫感到事情越弄越糟，只得到单位向主任赔礼道歉，主任说名单早就报上去了，赵卫问是不是他，主任说："我哪敢呢？"赵卫再也不好意思问了。

后来，赵卫才知道，自己临时变卦，导致主任没办法，只得自己报了名。

赵卫自感理亏，主任献完血那天，就主动上门去看望他，赵卫刚想敲门，忽然听到主任同他老婆在屋里说话。

"你都连着献了四年的血了，再说岁数也不小了，我真怕你的身体吃不消！"主任妻子说。

"放心吧！老婆大人，我就是连着献十年都没事，你以为我真的自己献的吗，我是找人替的。公司里给献血的人每人3000元的补贴，我只花了1000元就雇了个民工，净赚2000，这等好事怎能便宜了别人！"

赵卫抬起的手一下僵在了那儿。

他想退回去，但考虑再三，还是敲开了主任家的大门。

一年之后，单位再次分到献血名额，这次赵卫没有犹豫，立即就报上了名，今年的献血队伍里，还是有主任的名字。

赵卫心中暗想，我今年可是和你一起去献血的，看你有什么花招可耍。

单位组织献血那天，主任也来了。

"老张今年又来了，我可记得你连着献了好几年了，你可真是献血明星呀！"血站的工作人笑着说。

献完血，老张约赵卫一起吃饭。

吃饭的时候，赵卫实在忍不住地问："这几年你一直在献血，真的是你亲自献的吗？"

"不是我亲自献的，你替的我呀！现在可是实名制献血。"张主任笑着说。

"你和你家夫人也这样说的吗？"赵卫干脆打破砂锅问到底。

"我是怕她担心，也烦她唠叨，才故意说是雇人献的血！其实献个血有什么可怕的，你看我年年献血，身体不还是比谁都棒！"主任说完，忽然很不解地问道，"我骗你嫂子的事，你怎么知道？"

"还是主任聪明，我回家也这样和老婆说！"赵卫笑着说，"至于我是怎么知道的，这可是绝对机密！"

"好你个小子呀！"主任狠狠地擂了赵卫一锤。

两个人就同时开心地大笑起来。

情归何处

祝贺林刚高升的同学聚会上，知道内情的同学都在悄悄议论着，感慨着，最后多数人喝高了，甚至有几个

爱是梦想的翅膀

人紧紧地抱在一起，大哭……

　　在所有插班生中，最让男生们心动的是张玥。

　　张玥个子不高，也说不上多么漂亮，但举手投足间，有一种别样的气质，这种气质几乎把班里的男生都征服了。

　　那时班里的几十个男生都住在一个宿舍里，每天回到宿舍，大家的话题几乎都是围绕着她展开。

　　当然，大家更多的是停留在动动嘴皮子的层次上，多数男生在宿舍里谈得热火朝天，在教室里甚至连和她说句话的勇气都没有。

　　最迷恋张玥的是林刚，自从张玥来到班中，林刚就近乎疯狂了。虽然也不敢当面表达，但和男生在一起时，林刚一点都不掩饰自己对张玥的迷恋，甚至有谁说她的半个不字，他都要和人家拼命。

　　你这样单相思算什么本事呀，是男人你给她写封情书呀！这晚几个男生撺掇他。

　　写情书我敢，送给她，我可不敢。

　　你若敢写，我们可以帮忙给你送。

　　在大家的鼓动下，林刚开始写情书，写完情书，他总是认真地封好，然后由一个座位靠近张玥的男生悄悄放进她的课桌中。

　　自从开始写情书，林刚就一直认真观察着张玥的反应，偏偏张玥是个深藏不露的人，林刚竟然看不出她有任何变化，这可让他犯难了。不过转念一想，既然不生气，说明有希望，于是坚持写，一封接着一封。

　　功夫不负有心人，张玥终于回信了，拿到信的那一刻，林刚简直乐疯了。他把信读了一遍遍，最后怀着无比激动的心情写了一封回信，那封信他费了好长时间，用了很多感情，写得情真意切。写完信后，他第一次没经过别人传递，而是直接交给了张玥。

张玥拿到信后，还没看完就哭了，接着就交给了班主任。

原来，林刚以前写的那些信，那个男生根本就没有给张玥，那封所谓的回信也是几个男生集体智慧的结晶。这件事班里多数男生都知道，唯独林刚被蒙在鼓里。

自然，林刚难免被班主任一顿好批。张玥毫不犹豫地把自己的情书交给班主任的做法，让他彻底死了心，但是张玥的美好形象却一直烙在了他的心里。

大学毕业后，张玥和林刚碰巧被分到了同一个县城。一开始张玥是看不上林刚的，可是自己的几次恋爱都不顺利，作为老同学的林刚免不了从各方面关心她，最后他们竟然真的走到了一起。他俩结婚后，班里的男同学们都说林刚是个有福的人。

林刚在一家大型企业的办公室工作，有很多复杂的关系需要处理，林刚却干得如鱼得水，没几年的时间就被提为办公室副主任。

后来公司准备从十几名中层副职中提拔一个中层正职，因为大家都想获得这个职位，所以竞争非常激烈。

林刚知道，这次提拔的决定权在公司掌管人事的副总王天手中。王天曾经是自己的直接领导，两人表面关系不错，但是到了关键时候，他能不能提拔自己真是一个未知数。

林刚最终还是脱颖而出了，他简直乐疯了。这天，

爱是梦想的翅膀

他把王天请到一家环境优雅的小酒店表示自己的谢意。

"我……我对不起你，其实……其实我以前悄悄给你看的那些举报你的匿名信都是我写的。你那么信任我，我却用那样卑劣的方式骗取您的信任，我真不是人！"酒过三巡之后，林刚东倒西歪地说。

"哈哈！这次提拔你完全是因为你的能力。至于这事，我早就知道了，当时你一次次给我看那些信，我绞尽脑汁地分析那些信到底谁写的，因为信中涉及的很多事是异常保密的，我分析来分析去，只有你都知道。一开始，我异常生气，后来我认识到了，倘若真有人写一封举报信，给了董事长，我岂不真完了，所以我及时改正了错误，这也是我以后能够顺利发展的原因，所以我是从心底感激你的！"王天说。

王天虽然说得慢条斯理，但林刚还是被惊出了一身冷汗……

祝贺林刚高升的同学聚会上，知道内情的同学都在悄悄议论着，感慨着，最后多数人喝高了，甚至有几个人紧紧地抱在一起，大哭……

难以置信的谎言

你没看他终于找到亲妈了，乐得嘴都闭不上了！说完，她长长地叹了一口气，眼泪再次滚滚而落。作为母亲竟然欺骗孩子，那么用谎言欺骗孩子，竟然是谁的主意呢？

你的身上怎么这么多伤？李立钧背着书包一瘸一拐地来到学校时，我非常吃惊地问。

被那个坏女人打的！他咬牙切齿地说。

你说谁呀？谁是坏女人！

说我妈！他歪着头，眼瞅着地，非常气愤地说。

你怎么能这样说你妈妈，以后绝对不能这样了！你妈打你肯定是因为你犯了错误才这样教育你的。

没有，我没有犯错误！她就是坏女人，她心狠手辣，老是故意找茬打我，我实在受不了！

李立钧是我们班里的一个特殊学生，他的学习成绩在班里是最差的，平日不认真学习不说，还经常和别的同学打架。我到他家进行过几次家访，他家境富裕，但父母感情不和。

对李立钧的话，我半信半疑。但从他的口里又问不出具体的原因，为了更方便对他进行教育，我就通过电话向他母亲了解情况。

立钧被人打了，身上有很多伤，你知道吗？我问。

知道。

他说是你打的，是真的吗？

嗯。是我打的。

怎么打得这么重？不管犯了什么错误，最好别打他，这样容易让孩子产生逆反心理，对教育孩子不利。

我的孩子，我愿意打就打，你管得着吗？他妈妈说完就挂掉了电话。

打完电话，我胸口里像堵了一把草，但学生还得教育。我费了好大的劲才让他心情好了些，但是依旧没法让他接受母亲打他是为了他好的观点。

此后，一个多月的时间里，他学习毫无起色，依旧经常挨打，脾气也变得越来越差。后来别的学生家长告诉我，他父母正在闹离婚。我虽说对他母亲的做法不赞同，但是也勉强理解了一点她的心理。心情不好时，找个出气筒也是情有可原的，虽然在我看来这个出气筒找得不合适。

再后来，立钧父母就离婚了。离婚不到两个月，立钧父亲就再婚了。我很是为立钧的处境担心，想不到，此后立钧的表现竟然异常的好，一点也没有因为父母离婚而表现反常。

这天，立钧到办公室拿作业，我委婉地问他新妈妈对他怎么样，他立即眉开眼笑地说，我妈妈对我可好了，她天天给我做好吃的给我吃，还给我买新衣服穿，你看，这新衣服就是她给我买的。多亏我爸爸和那个坏女人离婚了，不然我还不知道要受多久的罪呢！

坏女人？你妈妈？到底谁是你亲妈呀？我对立钧的表现感到很不舒服。

我爸爸以前那个媳妇是个坏女人，现在和我爸爸结婚的是我的亲妈，以前她一直住在我姥姥家，是那个坏女人不让她和我爸结婚的。立钧解释说。

我的心里咯噔一下，实在想不到会出现这样的情况。情到尽头，离就离吧，然而编出这样的话来骗孩子，实在让人感叹。谁都知道和他爸爸结婚的是一个年轻姑娘，这谎话虽说假得离谱，想不到对一个受尽母亲虐待的孩子来说，竟然还挺有效。

两个月后的一天，我放学回家，刚转过一个街角，忽然看见立钧的母亲手里提着一个包裹站在路边，我急忙停下向她打招呼。我问她在这儿干什么，她说来偷偷看看立钧。我问她为什么不直接看，她苦笑了一下说，他恨透了我，还愿意我看他？看把他开心的！真是个傻孩子！说着，眼泪就不停地滚落下来。接着她又向我了解了一些立钧的情况，看得出她的内心很复杂。她让我把包裹里的好吃的捎给他，但要求别说是她送的。

也怪你！当初若是对他好一些，他肯定就不会这样恨你，更不会认为你是他后妈。我说。

你以为这样做，我心里不难过呀！我真舍得打他吗？我多么希望让他跟我，但是他爸爸坚持不放，我一个弱女人能有什么办法？我若是对他好，要是碰上个狠心后妈，他不得委屈坏了！这样，让他痛苦几个月，也许对他有好处。你没看他终于找到亲妈了，乐得嘴都闭不上了！说完，她长长地叹了一口气，眼泪再次滚滚而落。

我真想不到，用那样的谎言欺骗孩子，竟然是她自己的主意。

方向很重要

雄鹰飞得高是为了更好地寻找食物，麻雀飞得低是因为低处更有利于自己生存。所以，只有适合自己的高度才是最高的高度。

从幼儿园开始，肖进就喜欢画画。那时肖进才刚刚上中班，他的一幅铅笔画就在一次全市幼儿书画比赛中获了奖。从此肖进更喜欢画画了，他几乎把所有的业余时间都用在了画画上。

他除了买来学习画画的各种资料，认真学习。还报名参加了多次美术培训班。不用说，他的绘画基础已经很扎实了，然而除了那次获奖，他的绘画水平一直没有很大的提高，也没有正儿八经地获奖。

这让肖进非常苦闷。但是肖进不是那种没有恒心的学生，他坚信只要继续努力，总会有成功的那一天。

进入高二，文化课的学习任务已经非常重了，多数同学都把时间和精力用在了学习文化课上，由于肖进学习画画用去了很多时间，对文化课成绩影响自然很大。作为一个高中生，要想顺利拿到高中毕业文凭，必须全面发展，并且通过省里的学业水平考试才行，但是照这样下去，肖进能不能拿到高中毕业文凭都是一个未知数。

班主任张老师曾经对他做过多次工作，但是效果很差，肖进固执地认为坚持自己的梦想是对的。

张老师认识到不深入研究肖进的问题，就很难做通他的思想。为了给肖进更专业的指导，并准确了解肖进现在的绘画水平，张老师让肖进选了几幅自己觉得最满意的画作并带着他找到了全市绘画水平最高的一名画家王金，让他对肖进的画作和今后的发展方向进行简单评估。王金看过那些画作之后，轻轻地摇了摇头说，看得出这些画作都很有功底，但是所有作品都缺少最重要的东西，那就是灵性与创意。一幅作品如果没有创新与灵性，就像一个人没有灵魂一样，细节再美、再精致也无法成为一幅好作品。

自从自己的画作经过王金分析以后，肖进的情绪一直很低落。这天张老师对肖进讲了一个这样的寓言故事：

有一只麻雀，立志要高飞，天天苦练高飞本领，最后，终于如愿以偿。它甚至能像雄鹰一样在蓝天上自由地翱翔。一般麻雀非常羡慕它，纷纷向它询问高飞的好处，这只麻雀头头是道地讲述着。这只麻雀说，我想用事实证明，只要敢于梦想，麻雀也可以超越雄鹰。其他麻雀非常敬佩它，这只麻雀也觉得自己非常了不起，因此更加努力地学习着高飞的本领。

在一次高飞时，它忽然发现头顶有一只雄鹰，当然雄鹰也发现了它。它吓坏了，它记得老麻雀告诉过自己，遇见雄鹰时要么钻进屋檐下，要么躲进草丛里。可是它离屋檐和草丛都太远太远了！它匆忙逃窜，可哪里是雄鹰的对手，于是自然而然地就成了雄鹰的美餐。

你认为这个故事包涵着怎样的道理呢？张老师问肖进。

肖进摇了摇头说，不知道。

其实道理很简单，雄鹰飞得高是为了更好地寻找食物，麻雀飞得低是因为低处更有利于自己生存。所以，只有适合自己的高度才是最高的高度。从这个故事里，我进而可以知道只有适合自己的才是最好的。一个人有自己的追求是对的，但是这种追求只有适合自己才是正确的，如果自己追求的内容不适合自己，那么结果可能

121

爱是梦想的翅膀

会很可怕。

经过张老师的耐心指导，肖进终于认识到了自己的问题，他决定听老师的话，先下力气把文化课学好，通过提高自己的综合素质来慢慢提高自己的创新能力，最终提高自己的绘画水平。一年后，肖进的文化课水平提高很大，令人感到奇怪的是他的绘画水平竟然也获得了很大提高。高三毕业后，他顺利地被一所艺术院校录取，如今的他正潜心学习油画创作，老师说他很有发展潜力……

最拿手的，最遗憾的

在教学中，老师不经意间的一个举动，就可能会对一个学生造成伤害，甚至影响到学生的一生。老师在教学过程中，再慎重也不算过分！

这些年，我一直教高三。接手新一级学生后，一般很快就能找到有效的教学方法。这年接手的两个班级却令我有些头疼，这两个班级的语文成绩特别差。尤其是学生作文，普遍存在着明显的不足：过分注重文采，而忽视了选材与立意。我决定尽快改变这种华而不实的文风。

那天，我在没有表态的前提下，认真诵读了一篇学生作文，读完之后，问同学们觉得这篇文章写得怎么样，同学们异口同声地说好。

"我的观点和同学们截然相反，我觉得这篇文章写得不好，所以我不是希望大家学习这篇文章，而是希望同学们一定不要写这样的文章……"

学生们目瞪口呆。

我接着仔细分析了这篇文章存在的具体问题，分析完之后，朗读了另外一篇条理清楚、思路清晰，但是语言并不太优美的文章，并要求大家朝这个方向努力。

那次作文训练后，学生们的文风有所改变。第二次讲评的时候，我还是用原来的方法，又对两篇明显没按照我的训练思路来写的文章进行了批评，并对几篇相对好些的文章进行了表扬。

我看得出来，很多同学并不同意我的看法。

为了树立我的威信，我向同学们展示了我的小说获奖证书和以前取得的成绩，对同学们说自己对语文教学尤其是作文教学是有独到见解的，只要按照我的要求来进行训练，成绩一定能够获得提升。

学生们虽然半信半疑，但多数还是渐渐适应了我的新要求。

经过接近一个学期的训练，学生的作文进步明显，语文成绩也与其他班级基本一样了。高考的时候，这两个班级的语文成绩在全校所有班级中几乎是最好的。多年以来，每当谈起我的语文和作文教学，我总喜欢拿这两个班级的事情作为例证。

"昨天我在逛商场的时候，碰到一个你的学生。"前几天，我的一位同事对我说。

"那个学生听说我是咱们学校的教师后，就跟我聊

爱是梦想的翅膀

天，还特意问起了你。"同事说。

"那同学怎样说我了？"我笑着问道。

"她说了好多关于你的事。"

"都说了些什么呀！"我急忙问道。

"那个同学说，自己这一生都毁在你的手里了，本来自己也许能够考上大学，可是自从你教了她，她就彻底完了。原来，她非常喜欢学习语文，对作文更是喜欢，几乎每次作文都被以前的老师当成范文，而你呢，却把她的作文当成反面典型来批评！"同事说。

同事的话，很令我震惊。现在想来，虽然我在读这篇文章的时候，并没有说学生的名字，但是学生本人，甚至很多同学应该是知道的。

我不禁陷入了深深的自责之中。

现在想来，我如此猛烈地批判那个学生的作文，本来就有些矫枉过正。一个作文经常被当成范文的同学，突然间就被当成了反面典型，这是多么大的落差呀！一个心灵稚嫩的中学生怎么受得了？

过去的错，没法弥补，谨以此文向那位同学表示深深的歉意，并深深告诫自己在今后教学过程中时刻保持警惕，努力避免对学生造成伤害。在教学中，老师不经意间的一个举动，就可能会对一个学生造成伤害，甚至影响到学生的一生。老师在教学过程中，再慎重也不算过分！

防火演练

在那次精心准备的防火演练中，突然出现了意外。其实，那场火是他叫人悄悄放的，这本来是整个防火演练的一部分，只是，此前，他没告诉任何队员。他意欲何为？

这天，王剑刚醒来就一骨碌爬起来，走出屋子，揉着惺忪的睡眼，看天。

天空湛蓝湛蓝，没有一丝云彩。

王剑叹了口气，没精打采地回到屋里。今年秋天，雨水特少，山里已经一个多月没正儿八经地下场雨了，再这样下去，非出事不可。

王剑是峤山护林防火组的组长，干了二十多年防火工作了。一开始，他还是个对防火知识不甚了解的小伙子，二十多年来，他和兄弟们扑灭了几百场山火，使原本光秃秃的峤山成为草木葱茏的旅游胜地，他自己也成长为经验丰富的护林防火员。

山里已经有几年没发生火灾了，这本来是好事，可王剑认为，这样下去反而不好，大家的思想会懈怠。一懈怠，就会出问题。就决定组织一次防火演练。

报告报上去后，很快就批下来了。上级领导对这次演练很重视，演练那天，县里和市里有关领导都来了，电视台也来了。这么大的场面，队员们都是第一次经历，大家很兴奋，也很紧张。

爱是梦想的翅膀

　　为避免发生意外，王剑此前和大家对演练事宜考虑得很全面。他们认为要是没有电视台，会好操作很多，电视台一来，就麻烦了，过早地把火扑灭了，上镜效果不好，只有等火燃烧得足够大，效果才好，但这样弄不好就会酿成真正的火灾。不过，他们最终还是找到了解决方法。

　　火燃烧起来了，队员们以最快的速度赶往现场。风大，草干，火焰很高，火势蔓延很快，着火面积大大超出了他们的预想范围，灭火难度比他们预料的大了很多。队员们非常着急，这并不是他们怕火，而是害怕不远处的电视台录像工作人员，好在他们训练有素，很快，火被扑灭了。

　　按照安排，灭火之后，大家一起照相，再到山脚的酒店聚餐。

　　领导对大家的工作给予了充分肯定，还说要对大家进行表彰奖励。领导很和蔼，不但向大家敬了酒，还破例要大家放开了喝。

　　今天的演练很顺利，队员们虽说身体疲惫，但心里舒服，所以都喝得很开心，甚至也不管领导不领导，都吆五喝六地咋呼起来。

　　不好了！起火了！忽然，酒店外有人大声喊道。

　　队员们放下酒杯，冲出酒店，可不真是！浓烟弥漫，阵阵焦味随风飘来。队员们一句话也来不及说，纷纷冲向火场。

　　这次灭火难度比演练时增加了很多，一个多小时，山火才被彻底扑灭。

　　我们是不是被人算计了，不然，怎么偏偏这

个时候失火？送走领导和电视台工作人员，队员们个个垂头丧气，有几个队员甚至孩子般呜呜地哭了起来。

王组长憋在墙角，面色青黑，过了好久才说，工作几十年，第一次碰上这等窝囊事，比大庭广众之下被人打耳光还难堪。

难堪归难堪，谁也没有办法，谁叫火不通人性呢！大家相互安慰几句，就都不再说话。

好了，别难受了，大家各就各位吧！俗话说，水火无情，防火的事，一刻也懈怠不得呀！王组长说。

送走大家，王组长又仔细在山上巡视了一遍。山里的夜很黑，远处城市的灯很亮，山路更不好走了，但王剑没开手电。走了几十年，都走熟了。

独自回到小屋，王剑悄悄叹了口气，他有些后悔，有些自责，也许应该叫队员们风光一会、放松一次！可是……

其实，那场火是他叫人悄悄放的，这本来是整个防火演练的一部分。只是，此前，他没告诉任何队员。此后，他也将永远保密。

毫不犹豫的爱

汶川地震虽然过去一年多了，但有些感人的故事却依旧在流传。前些日子，接触到一个曾经到汶川参加抗震救灾的士兵，我从他那里听来了一个感人的

爱是梦想的翅膀

故事……

　　汶川地震虽然过去一年多了，但有些感人的故事却依旧在流传。前些日子，接触到一个曾经到汶川参加抗震救灾的士兵，我从他那里听来了一个感人的故事。

　　当时，他随部队到灾区参加抗震救灾。地震发生4天之后，废墟里存活的生命越来越少了。这时，生命探测仪显示废墟下面还有生命，他们立即挖掘起来，他们挖掘了好几米，依旧没有发现有人，正纳闷间，忽然听到下面有轻微的响动。在大家的不断努力下，一块巨大的石板渐渐露了出来，只是依旧没有看见人，这么说，幸存者应该在石板下面，石板很厚很大，他们只能调来起重机帮忙。

　　当起重机把巨大的石板慢慢吊起之后，他们发现了一对紧紧相拥的青年男女，他们两人面对面跪在一起，双手紧紧地扣着对方的肩膀，肩膀也死死地顶在一起，他们都没有存活的迹象。士兵们正纳闷，忽然发现他们的中间有一个小脚动了一下，于是急忙朝中间看去，原来，有个孩子在中间，并且毫发无伤。

　　原来这对夫妻用他们的身体组成了一个拱形，撑住了巨大的石板。士兵们都非常震惊，当地震突然来临，这对夫妻怎么能够想出这个办法，并迅速达成共识呢？

　　为了记录下这宝贵而感人的镜头，士兵们没有立即把孩子抱出来，而是从不同的角度进行了拍摄，最后才小心翼翼地把孩子抱了出来。

　　这时正好有一个电视台在这儿采访，他们对救援过程进行了全程记录。此后很多电视台都播出了这件令人感动的事。几天后，当地电视台针对这件事专门制作了一期节目，并且还把那个女孩抱到了电视台，也许由于惊吓过度，女孩瞪着一双惊恐的大眼睛，呆呆地看着周围的一切，不管别人问他什么，她都一句话也不说。为了避免刺激女孩，主持人停止了对她的询问。

这时，主持人、现场嘉宾和观众们展开了一场讨论，讨论的核心是在地震突然来临的时候，孩子的父母怎么能够想出这个办法，并迅速达成共识。因为压在他们头上的石板有几百斤重，除了用这个办法，单凭一个人的力量根本无法顶住这么重的巨石。

大家做了多种推测，然而任何一种都很难令人信服。大家正茫然时，突然发生了一次余震，演播室剧烈地抖动起来，现场观众都很紧张，小女孩更吓得双手抱头，激烈地尖叫着。两位主持人一边大声地说演播室里绝对安全，一边转身想抱住女孩，结果两人一下撞在了一起并跪倒在主席台上，小孩因为正好在他们两个人的中间。

观众恍然大悟，因为刚才主持人的姿势与电视中所拍摄的小孩父母的姿势非常相近。这么说他们之所以形成了这个姿势，根本不是商议好的，而是在地震猝然来临之时，两人同时毫不犹豫地扑向了孩子。

现场一片肃静。

节目播出后，引起了很大的社会反响，很多好心人纷纷对孩子进行捐助，有不少人打算收养她。有关部门正在考虑给他找一个合适的人家时，忽然发生了一件让

爱是梦想的翅膀

大家更感到不可思议的事，小女孩的父母找来了，原来这位女孩的父母今年年初就到广东打工去了，他们把孩子留在了家里，由她的姥姥照顾。地震发生后，他们一直没法和家里取得联系，于是回到家乡寻找，可是家乡早已成为一片废墟了。节目播出后，他们发现电视上的女孩极像自己的孩子，于是就赶来了。他们说女孩的姥爷早就去世了，姥姥在地震中也很可能遇难了，他们在当地没有很近的亲戚。

那么护住孩子的一男一女到底是谁呢？大家不禁再一次被感动！

第四辑　坚守无畏

　　执着是一种精神,坚守是一种境界。追逐是快乐的,坚守是寂寞的,在执着坚守自己理想的时候,难免受到现实的打击。但"一个人可以被毁灭,但不能被打败。"总有那样一些人,不管遭遇怎样的坎坷,不管遭受怎样的打击,始终无怨无悔地坚守着最初的梦想。他们的坚守令人深深感动,他们的坚守令人肃然起敬。

清者无畏

　　因为清廉,因为秉公执法,他无惧无畏。县衙白白送上门的 800 两银子他坚决拒绝,却在市场上靠卖韭菜为生,一文一文地和别人计较,他是古莒廉吏的典型代表。

市集西头，有位卖韭菜的老人。

老人胡须花白，面目和善，他卖菜和别人不太一样，不怎么吆喝，只是静静地守着。

没有人来买菜的时候，他仔细地摘着韭菜。他的韭菜粗壮，叶片宽厚，经他摘过后，就更加嫩绿、更讨人喜欢了。

能不能便宜点呀？有人问过价格后，蹲下身子说。

已经够便宜了，你看韭菜质量多好！老人说。

便宜一文钱，总归可以吧！那人说。

不行，已经够贱了，一文钱都不能再便宜了。老人说。

一文钱都不能便宜，哪有你这样卖东西的！那人愤然离去。

老人只是捋着胡须，神色淡然地笑。

今天不错，一担韭菜卖了50文钱。回家后，老人高兴地对妻子说。

是呀！不少，真是不少，够好几天的日常开销了。老人的妻子半是高兴半是揶揄地说。

快休息一下吧！叫你不要去卖了，你偏去，你都不知道别人怎么说你。过了一会，妻子有些不满地说。

怎么说我？

说你做官都做傻了，县衙白白送上门的800两银子不要，却在市场上一文一文地和别人计较。

一文一文地计较怎么了？韭菜是咱自家地里种的，卖韭菜收入虽少，但每一文都是自己的辛苦所得，有什么丢人的？官府送来的钱，拿了我会于心不安。老人愤愤地说。

这位老人是丁维宁，明代莒州人。他自小聪颖，23

岁中进士并走上仕途。他勤于政事,清廉为官。做官期间,三次任要职,但每次回家,随带行李,仅图书衣被而已。在他从御史位上辞职回家的时候,按照惯例,当地官府送给他800两银子,他坚决不接受,却一直靠种菜卖菜自食其力。

他秉公执法,不畏权贵。在任御史巡按直隶时,刚到任,就遇上了一个为非乡里的大土豪,因为是当朝宰相张居正的亲戚,没人敢动他。在公堂上,丁惟宁传来了数百个证人,使这个土豪不得不承认了罪行,并请求看在张居正的面子上饶恕他。按照法律,丁惟宁当场判处土豪死刑,并立即执行。土豪被处决了,百姓拍手称快,但丁惟宁也彻底得罪了张居正。原来此前丁惟宁早就与张居正有过节,对张居正来说,作为宰相,很多地方官员都去送礼拜见,唯独丁惟宁不去,想不到这次丁惟宁竟然把他的亲戚给杀了。心胸狭窄的张居正很快就罢了他的官。

别说宰相,丁惟宁甚至连皇帝都敢得罪。流传于五莲地区的一个民间故事就说明了他的这种性格。

五莲山上有座光明寺,是明朝皇帝下旨建造的,这里的和尚也是受皇上册封的。寺里的和尚依靠皇上作威作福,抢占百姓的土地、财产,当地官吏一点都不敢管。被逼无奈的老百姓只得找丁惟宁,请他做主。丁惟宁在朝堂上请皇帝下旨严惩。皇帝想包庇他们,犹豫了一会儿,只说了两个字:"罢了。"

丁惟宁谢恩告退后,马不停蹄地赶回当地,一边令人挖出一道沟,一边抓来那几个和尚,将他们埋在地里只露出头。接着叫人牵着一头大黄牛拉着大钉齿耙走了过来……

处理了几个和尚，丁惟宁回去汇报情况，皇帝听得纳闷，我不是说"罢了"吗，怎么还给处理了？丁惟宁便把如何"耙"的过程前前后后讲了一遍，皇帝虽然知道这是丁惟宁故意搞的把戏，但也只能"罢了"。

丁惟宁被罢官后，虽然被再次起用，但终因厌恶明朝官场的黑暗而告老还乡，其实那时他才刚过 40 岁。

告老还乡后，他一直过着俭朴的生活，很少跟外界接触。他在五莲九仙山建了间小屋，在他生命的最后十多年间，过着幸福的半隐居式的生活，直至 65 岁安静地辞世。

在中国文学史上，有一个难解的疑团：《金瓶梅》作者兰陵笑笑生到底是谁。近年来，专家们经过综合研究，终于形成较为一致的意见：兰陵笑笑生就是丁惟宁。这部对后世有巨大影响的伟大世情小说，就是他在隐居乡间期间写成的。

校园春意

为云琪申请国家助学金的事，把我愁坏了。最后的结局却出人意料，我惊诧之余，感到一股暖意涌向心头。阳春三月，大地回暖，小草泛绿，校园里弥漫着醉人的春意……

为云琪申请国家助学金的事，把我愁坏了。

云琪是我们学校的高一新生。我们是在对她进行家访后才知道她的家境的。此前，学校对她的家庭状况毫不了解。

云琪母亲赵湄二十岁那年遇上了一次车祸。毁了如花容颜不说，连基本劳动能力也丧失了。原来处的对象跟她分了手，后来，嫁了个腿脚不灵便的青年。赵湄不但不能赚钱，而且得经常花钱治病。丈夫打工赚钱又很少，甚至不够赵湄的医药费。等云琪出生，家庭经济就更加紧张了。

论说她应该申请国家助学金，可她的自尊心非常强，从不肯向老师和同学们透露半点自己家庭的信息。据她姑姑介绍，上初中时，自己曾悄悄为她提出过申请，学校也批了，但她拒绝领取。

当然也可以理解，要不是迫不得已，谁愿意把自己的苦难展示给人家呢？

回到学校后，我们把情况汇报给了有关领导，领导说："她的情况可以考虑，前提是本人提出申请，如果本人不申请，按照目前的政策，她是无法获得国家助学金的！"

"能不能搞个特事特办？"我问。

"国家助学金的评定程序很严格，即便我们给悄悄报上，最后也必须进行公示，既然学生的自尊心那么强，万一刺激到她，惹出麻烦来，那就不好了！"领导摇摇头说。

能够做通学生的思想，让她自己报名就好了。问题的关键是，不管谁去做她的工作，不都等于告诉她学校已经知道她的家庭情况了吗？所以单独跟她谈是不合

爱是梦想的翅膀

适的。

我与云琪的班主任商议，班主任也很为难，他认为只能在班级内部统一讲一下。后来，班主任告诉我，不管他在班内怎样做工作，她都没有半点打算报名的迹象。

难道只能这样算了？如果这样，我觉得对不起孩子的姑姑，更为国家助学金不能发到最需要的孩子的手中感到遗憾。

去家访那天，云琪父亲在外打工，赵湄根本没法跟我们正常交流，是她的姑姑跟我们介绍的情况。"你们一定给想想办法呀！"等我们离开时，她姑姑无限期待地看着我们说。如今过去许多天了，她那充满期待的眼神依旧在我的眼前闪烁。

不行！不能就这样算了。我把云琪的情况反映到了学校政教处、教导处……甚至反映到校长那里。大家都非常着急，但都找不到两全其美的办法。

事情终归还是没有办成。

"非常抱歉，我确实尽力了……"后来，我打电话告诉云琪的姑姑。

"没关系呀！给她申请只是我自己的想法。前几天，我听到一个类似的事，那也是个家庭特殊而自尊心很强的高中生，教师知道了她的家境后，在班里说出了学生的家境，表扬学生自强不息，还给她申请了国家助学金。本来那个学生很活泼，成绩也挺好，后来，她变得寡言少语了，成绩也迅速下滑，最后甚至退学了……我虽然为孩子争取，但心里很忐忑，申请不成，也是好事。"孩子的姑姑说。

我知道，她这样说，有安慰我的成分。我的心里五味杂陈。

一个学期后的一天，学校召开学生家长会，我碰巧遇见了云琪的姑姑。

"孩子的事你们办得真好！"她满面笑容地对我说。

"哪里呀！我们本来就觉得很惭愧，你这样说，我更加惭愧了！"

"我们从心底感谢你们！"

"这有什么好感谢的？"她越说，我越糊涂。

"自从你们去家访后，我哥哥家就不断收到匿名捐款，一开始我还没反应过来，后来想除了你们学校的老师还能是哪个单位的，以前可从没有这样的事……"

我惊诧之余，感到一股暖意涌向心头。阳春三月，大地回暖，小草泛绿，校园里弥漫着醉人的春意……

飞刀绝爱

最初，因为失恋，我才配合你，那时，我不怕死；后来，因为爱你，我才配合你，只要你需要，我甘愿忍受任何恐惧；明天，我依旧配合你，不过是最后一次，那生命的礼花，将是对我们飘逝爱情的祭奠。

每天，他都在娱乐场所做表演。

他没有动人的歌喉，也没有幽默的谈吐，他只会做一些带有自残性质的表演：把利剑顺着喉咙插进胃里；在胳膊上敲碎坚硬的砖头或石块；赤裸双脚在锋利的碎

爱是梦想的翅膀

瓷片上跳舞……

他的表演也许不精彩，但一定是令人震惊的。为了赚到更多的钱，他不断挑战着自己的极限。

表面看来，每场表演，他都从容不迫。实际上，这些表演，让他疲惫不堪、伤痕累累。但没有人在乎他的痛苦，他的痛苦是别人的快乐。

他自认为最拿手的表演是飞刀项目，他能在数十米之外一刀打中目标，但没有观众喜欢，他知道，这是因为表演不够刺激。

这晚，表演前，他突发奇想，若是能把目标放在人的身体上就好了，这样就惊险刺激多了。他把自己的想法向在场的观众说了，他的表演项目是用飞刀切开 5 米之外的苹果。他希望有位观众能够用头顶着苹果。当然，这只是希望而已，他没奢望会有人配合。

没想到，他刚说完，就有位漂亮姑娘走上台来。你真打算跟我配合？他非常激动地问道。姑娘没有说话，只是肯定地点了点头。

有了那位姑娘的配合，那晚，他的表演精彩极了。现场不时响起阵阵掌声。因为他的收入是现场的人随便给的，大家觉得精彩，给钱也就格外多。

等表演结束，他想请姑娘一起吃顿饭，并给她一些报酬。姑娘婉言谢绝。

也许，以后再也不会遇到这样的事了。想不到，第二天，那位姑娘又来了。此后连续几天，那位姑娘一直来配合他表演。他们也逐渐有了交往。

后来，他知道，她来自河北。男友在这儿开店，她也跟着过来了，相恋三年后，男友移情别恋，把她甩了。

第四辑　坚守无畏

此前，她已经看过他的很多场表演了，知道他也是孤独无助的，忽然就产生了同病相怜的感觉，于是就有了后面的故事。

有了她的配合，他的飞刀表演精彩多了，收入也成倍地增长。慢慢地，他们也由普通朋友变成亲密恋人。白天的多数时间，他们在排练节目，晚上去演出。为了赚到更多的钱，他们的节目越来越惊险。

他们的表演项目中，有一项是把一块木板放在她的身上，他往木板上甩飞刀。为了更加好看，木板的宽度越来越窄。为了避免伤到她，他总要练习成百上千次，所以真正表演的时候，他从未失手过。

后来，他们还开发出最为惊险的表演项目，那就是双刀封喉。所谓双刀封喉就是她平躺在地上，脖子下面垫一块木板，他从斜上方把飞刀插到她的脖子两边的木板上，一边一刀，使她一动都不能动，因此叫双刀封喉。

表演双刀封喉最赚钱，每次表演都会引起轰动。他们的收入渐渐多起来，他们都期望尽快攒够自己期待中的存款数量，就不再干这个。然而距离他们的理想目标却非常遥远，于是他们每天坚持表演。随着演出次数的增加，他们渐渐成为当地小有名气的明星，他也有了大批粉丝。

那晚，在一家酒吧的晚会上，她平静地躺在木板上，一动不动。他瞄了一会准，把刀甩了出去，那把刀贴就着她的脖子深深地刺进了木板。接着是第二刀，这一刀，他毫不犹豫，带着寒光的利刃，从他手中迅速飞出，利刃一下刺破了她的脖子，如注鲜血顿时喷涌而出……大家还没反应过来，她就挣扎几下，没了气息。

爱是梦想的翅膀

意外伤人，还是故意杀人？公安机关在断案时很是费了一番心思。

公安机关通过对他的调查，发现他与一个女粉丝关系密切，他也承认那是他的新恋人，他已经不再爱她。那么，他很可能就是装作失误把她杀掉的，那就是故意杀人。

可是他不承认，他说他不是故意的，更不会有失误。

好在现场有很多人用手机对表演过程进行了录像，通过录像回放发现，就在他甩出飞刀的瞬间，她迅速转动了一下脖子。

后来，网友在她的 QQ 空间里发现了她的最后一篇日志：我是一个胆小的姑娘，当一把把锋利的飞刀向我飞来时，我的灵魂在颤抖。最初，因为失恋，我才配合你，那时，我不怕死；后来，因为爱你，我才配合你，只要你需要，我甘愿忍受任何恐惧；明天，我依旧配合你，不过是最后一次，那生命的礼花，将是对我们飘逝爱情的祭奠。

因为有你

面对爱情与事业的矛盾，他很难取舍，无论怎么决定，都挺痛苦，想不到现实却让主人公做出了这样的抉择，这种结果，他觉得很幸福……

午夜 12 点，大街上已经非常空旷了。

侯军的轿车像一条黑泥鳅在城市的明光暗影中流畅地穿行着。有时泥鳅会游得稍慢一些，那是因为他看到了某个标志性建筑，对于那些地方，他的脑海中有一些难以抹去的记忆。这些记忆，令他魂牵梦绕，甚至精神发狂。

你到底想去哪里？坐在副驾驶上的戴琳问。

我哪里都想去，可是我只有半个晚上了，所以我打算尽可能地多看一些地方。侯军一边开车一边说。

侯军是十三年前来到日照这座新兴城市的。那时，城市虽然已经初具规模，但远没有现在繁华。这些年，城市日新月异地发展变化着，值得他看、让他留恋的东西太多了，以他现在的方式，走马观花式地看看，恐怕一个晚上也难以逛遍。

侯军在一家化工企业工作，那家企业效益很好，污染也较重，也是因为污染，十几年前从一个全国一线城市搬到日照，现在又因为污染问题必须从日照搬走。此前他工作的近二十年间，已经到过三个不同的城市了，他曾眼看着一座座城市迅速发展起来。他自己也由一个普通技术人员成为企业的工程师。也许是经历太多的缘故吧，他对这座城市的情感很复杂，就像他对戴琳的感情一样。

他是在来这儿的第二年认识戴琳的。当时他随便加了一些女网友，这其中就有戴琳。那时，正巧戴琳因为和丈夫感情不和而离婚。一开始他们只是普通的网友，想不到越聊越投机，就开始见面，直至爱得难分难舍。

为什么一定要跟着企业离开？你在这儿找个别的工作不行吗？戴琳的声音很幽怨。

爱是梦想的翅膀

这些年，我一直在研究这个，不干这个，我几乎一无是处，所以我必须离开。侯军说。

那你带我走，不行吗？戴琳哀求道。

你别傻了，此前我去过那个地方，你不知道有多么荒凉！再说那么远，你方便？别忘了，你的孩子去那边的话，也不适应，你的父母也需要你照顾。侯军说。

看来你是不爱我的！你是不是从来就没有真正爱过我呀？戴琳开始抽噎。

被你说对了！如果不离开，我也许永远不会告诉你。从来到这个城市的第一天起，我就知道自己迟早得离开。就像我们的感情，从一开始，就注定会无疾而终。侯军淡淡地说。

告诉我，你是骗人的！你是怕我不适应那个地方才故意这么说的！戴琳捂着脸，泪流满面。

我没有骗你。我是因为感到孤独才和你交往的。其实，我早已结婚了，出于各方面的考虑，我不让她们跟我四处迁徙，她们一直生活在老家。侯军说。

够了！我再也不愿看到你，我要下车！戴琳气愤地说。

侯军不理戴琳，依旧把车开得风驰电掣。

停车！停车！我要下车！戴琳奋力地拽着侯军的胳膊。

就在这时，一辆大货车迎面向他们冲来，如果不打方向，坐在副驾驶位置上的戴琳肯定难逃一劫。就在这危急时刻，侯军把方向打到了自己这边，伴随着一声惊天动地的碰撞声，他们都晕了过去。

这场车祸让戴琳失去了怀孕三个月的孩子，那是他们在一次亲密接触时的意外结果。侯军此前并不知道戴琳已经怀孕的事，为了避免刺激到他，估计戴琳以后也永远不会让他知道了。

这场车祸也让侯军残废了下肢，医生说，虽然他腿的外伤治好了，但是却永远也站不起来了。其实，侯军根本就没有结婚，因为一直随工厂四处漂泊，已近不惑之年的他此前甚至连一场正儿八经的恋爱都没谈过，他的父母都已去世，老家也没别的亲人。侯军的这些情况，是出车祸后，戴琳才知道的。至于那晚侯军不让戴琳跟他走，到底是他的真实想法，还是在试探她，似乎已无从得知。

但，无论如何，戴琳已决定好好地照顾着他，直到永远。

侯军所在的工厂搬迁了，侯军留了下来。从此，在这座城市的车水马龙中，人们经常会看见一位清瘦女人推着轮椅，轮椅上的男子面无表情。女人慢慢走一会，会停下来，照顾一下那男的，并轻轻同他说几句话。每当此时，那男的就咿咿呀呀地应答几声，没人知道他是否听懂了女人的话，也没人知道他到底在说些什么。

想不到的是，一年之后，侯军竟然奇迹般站了起来，经过一段时间的锻炼之后，侯军的身体竟然恢复如初了。半年之后，他们风风光光地办了一场婚礼。

这日，他们携手走在海滨游人如织的沙滩上，戴琳问道："如果没有那次车祸，你是不是会真的会离开？"

"当时在事业与爱情之间取舍，无论怎么决定，我都挺痛苦的，想不到现实却让我做出了这样的抉择，这种结果，我很幸福。"侯军说。

爱是梦想的翅膀

"是呀！你为这座城市的发展做出了贡献，你应该停下来享受这座城市的美好。"戴琳说。

侯军望着蓝天碧海，紧紧地拥抱着戴琳说："是呀！我真的感到无比幸福，因为这座城，因为有你！"

回　乡

自从女儿去上大学，独自生活的超志养成了每晚吃饭前喝一杯酒的习惯。这晚，超志破例喝了三杯，喝过酒，就斜倚在沙发上，看电视。他忽然感到有人在推他的身体……

国庆节放假第三天，超志才有时间回家看望父母。

超志今年已 45 岁，是父母唯一的儿子，他的父母都已 70 多岁，生活在乡下，主要靠种地为生。

他骑着电动车，顺着熟悉的街道往前走，拐过街角，忽然就发现前边的路被一堆沙石挡住了，抬头看时，发现路边正在盖房子。

房子的原址上是俊龙的家。俊龙是超志的小学同学，上小学时，超志和俊龙是两个极端，超志在班中成绩最突出，俊龙却是最差的。小学毕业后，超志顺利地考上了大学，毕业后当上了中学教师，在一所异常偏远的乡镇中学任教。小学同学中，考上大学的只有超志，这曾让超志，包括他的父母很是自豪了几年。

此后十几年间，超志的生活发生了很大变化。先是超志母亲生病，让他背上了一笔沉重的债务，接着当工人的媳妇下了岗，日子就过得更加拮据，甚至连最基本的住房问题都解决不了，后来媳妇就跟他离婚了。此后，超志自己带着孩子过日子，虽说费劲九牛二虎之力调到城里，但生活依旧落魄。

其他多数同学，虽然身在农村，但日子都过得不错，至少都有个幸福的小家。因此每次骑个破电动车回家时，超志总感觉抬不起头来。

如果说还有人没给他带来刺激的话，那就是俊龙。俊龙小学毕业后没再继续上学，整天吊儿郎当地混日子，甚至还养成了小偷小摸的坏习惯。虽然如此，俊龙却找了个很漂亮的媳妇，那是邻村的一位姑娘。

娶到这样的媳妇，论说俊龙应该珍惜才是，但是俊龙对媳妇却一点也不好，拳打脚踢那是常事，更过分的甚至把些乱七八糟的女人领回家，当着媳妇的面就与人家亲热。媳妇忍无可忍，就跟他离婚了。离婚后，俊龙生活更加放肆，好吃懒做不说，还加入了一个盗窃团伙，最后被判刑三年。出狱后，家中的房屋已破败得没法住人，于是成年累月地在外打工，好几年都不回一趟家。

这次，怎么突然开始盖房子了，是别人在他的房址上盖的？还是他自己盖的？正纳闷间，俊龙过来了。

国庆节放假了？俊龙热情地打招呼。

俊龙打完招呼后，就非常关心地询问超志的工作情况，超志一一答完却突然不知问他什么才好。

就在超志故作轻松地四处张望时，突然就有一辆锃亮的轿车闯入了他的视野，那辆车停在建筑物的不远处，很张扬地占去了街道三分之二的宽度。

爱是梦想的翅膀

回到家，俊龙问那房子是谁盖的。俊龙盖的呗！母亲说。他怎么突然有钱了？俊龙忙问。

他那媳妇又回来了。俊龙这几年也开始正儿八经地赚钱了，他们盖房的钱有些是他女儿给的，他女儿和女婿都在港口工作，每年收入好几十万，女婿还给俊龙找了份不错的工作，每个月收入六七千呢！

他们离婚怕十多年了吧！媳妇怎么突然就回来了？超志吃惊地问。

真是什么人什么命，听俊龙媳妇说，离婚后她又找了个男人，没想到那男的比俊龙还差劲，过了七八年，实在过不下去了，就又离了婚。后来她女儿就劝他们复婚，就真复婚了。俊龙现在也知道疼媳妇了，听他媳妇说，不但不打她了，自己生气时，还敢借着点酒意，捣俊龙几拳呢！

人家俊龙买上了轿车，这不又在家中盖房子了。你打算什么时候盖呀？母亲说完这些，突然又笑着说，我知道你是没打算回家盖房的，不过咱这屋又漏雨了，你这次没时间修的话，下次来得修一下。

超志本想在家中住一晚的，自从过了春节，都没在家中睡过一晚了。可是超志刚吃过午饭，俊龙就让他晚上到村里的酒店和他一起吃饭，超志以回城有事为由拒绝了。

等回到了城里的单位宿舍，他突然就感觉城里生活其实不错，各人过各人的日子，谁也不关心谁。

自从女儿去上大学，超志养成了每晚吃饭前喝一杯酒的习惯，就一杯，不多，也不少。这晚，超志破例喝了三杯，喝过酒，就斜倚在沙发上，看电视。

他忽然感到有人在推他的身体，原来是离婚多年的妻子，她端着一杯温度合适的茶：你看你！喝了酒，不吃饭，也不喝点水，这怎么行！

他一激灵，就醒了！

电视里播放着娱乐节目，叽里呱的，声音很刺耳。超志用遥控器关掉电视，并长长地叹了一口气。

陵园奇遇

他虽说异常后悔，但没有勇气说出实情，只是暗下决心，一定要想办法，让他们尽快重新回到小区广场上去健身。这到底是什么原因呢？

半睡半醒间，张鑫觉得腹内异常难受，身上冷飕飕的，这是怎么回事？自己在哪里呀？他正迷惑纳闷，忽然似乎听到一些怪异的声响，他睁开眼睛一看，不禁被眼前的一幕惊呆了。

四周阴森森的，滚动着团团迷雾，在阴森森雾蒙蒙中，一群像人又像鬼的东西，在他不远处活动着，他们只有动作，没有声音，动作怪异而缓慢，轻飘飘的，如梦似幻……

张鑫纳闷极了，他擦了擦眼睛，仔细看了看周围的环境：高大粗壮的松柏，密密的杂草和灌木，一个个低矮的土堆……这不是在陵园里吗？那么，这些动作怪异的家伙，是什么呢？

爱是梦想的翅膀

　　鬼！一定是鬼！当这个念头从他的脑中冒出之后，他感到一阵头皮发麻，接着心跳加速，血流加快，大脑开始爆裂般疼痛，他抱着头开始挣扎，并从石椅滚落到地上，他能感觉得到身体与地面接触时产生的痛感，接着就什么也不知道了。

　　当他醒来时，是在医院里。他看见妻子在身边，就急忙询问具体情况。妻子说他一夜没回家，因为他本来就经常外出办事，就没在意。这天凌晨是几个老人把他送到了医院的，说当时他晕倒在陵园的地上。她来医院的时候，老人们已经走了，所以也不知道其他情况。

　　张鑫仔细回想着此前的事，那天晚上他和朋友在酒店喝酒了，喝过酒后就步行回家，可是越走越觉得头晕，好不容易走到陵园附近，就开始呕吐，他怕被人看见了笑话，就走到陵园里，在一个石椅上躺了下来。

　　这座陵园在城市中间，陵园周围，被数家房地产公司开发利用了，除了店铺就是住宅，每日车水马龙，热闹非凡。而陵园里却是另一番截然不同的景象。一座座坟墓密密地挨着，坟墓间生长着高大的松柏，松柏上缠绕着或粗或细的藤萝，树下长满了杂草和灌木，地上落着斑斑点点的鸟粪，整个陵园阴凉而肃穆。

　　在如此喧闹的都市，能够有一个如此特别的地方，实在难得。最初来陵园玩的人很多。而近几年因陵园周围的人偶尔会得一种怪病，发病后，发烧、妄语甚至夜游，碰巧的是得病者发病前都去过陵园，就有人说陵园阴气太重，并且有一种邪气，碰上这股邪气的人就会得病，甚至还有人说陵园经常出现灵异现象。随着这样说的人越来越多，就几乎没人敢到陵园玩了。

也正是因为知道这些说法，那天早晨他才被自己看到的景象才吓坏了。

既然是老人把我送到医院里来的，说明我看到的应该不是什么鬼怪，而是一些老人，可是他们为什么在陵园里活动并且还没有任何声响呢？他越想越觉得不解。

出院后的第二天早上，他就早早地来到了陵园，他知道如果是老人在健身，那么应该天天会在那里。他悄悄走进陵园，果然再次看到了那天早上的一幕。

趁那些老人休息，他向前表示感谢，并询问他们为什么在这里健身还不用音响。

一位老人叹了口气说："其实我们也不愿这样，更不愿在这里呀！起先我们在小区里边健身，老有人嫌我们打扰他们休息，于是我们就尽量少弄出动静甚至跳舞时不放音乐，但还是有人以这样那样的方式反对我们，而小区的所谓广场也确实太小了，要想不影响周围的住户简直是不可能的。我们实在没有办法，只好到这里活动，因为没有电，我们也不想弄出声响，就要么各人戴着耳机用手机放音乐，要么直接不听音乐。"

原来，他们是以前在自己小区健身的那些老人。

张鑫不禁再次心跳加速，因为他就是暗中撺掇大家反对他们的带头者之一，他家就住在广场边上，因他晚上多有应酬，睡得很晚，而那些老人每天都是早早起床，到广场上去健身，使他早上睡不好觉，于是他就不停地给他们制造麻烦，直到赶走了他们。

他虽说异常后悔，但没有勇气说出实情，只是暗下决心，一定要想办法，让他们尽快重新回到小区广场上去健身。

民工短信

他本想故意不给他工钱，让他自动走人，然后再去骗别的民工，想不到竟然发生了这样的事。老板呆呆地看着短信，一时竟不知怎么回复才好……

半年前，厉志找了个好活——替老板看一片开发了一半的楼盘用地。老板和他讲好了，三个月结算一次工钱。厉志优哉游哉地生活了三个月后和老板联系。老板说，现在楼价跳水，楼市低迷，自己资金周转不开，工资下个月才能发。现在的经济形势厉志了解一些，于是就想下个月就下个月吧，反正自己也不好找工作。

一个月后，厉志再次与老板联系，老板语气低沉地说，现在楼市更加低迷了，我都快破产了，哪有钱给你啊？你要么再等几个月，要么就赶紧另谋出路吧！说完，老板就关机了。以后再打电话，老板不是关机就是不接电话，厉志实在不知怎么办才好，最后他还是决定留下来。因为他相信等老板度过了困难时期，会给他发工资的。

他之所以舍不得走，其实还有另外一个原因。前些日子，他在荒地上种的半畦菠菜，如今已经绿油油的了。荒地中间还有一个很大的水坑，他在里面放了几只鸭子，在草地上养了一群小鸡，如今鸭子在水坑里游泳嬉戏，小鸡在草地上蹦蹦跳跳，非常惹人喜爱。这一切都使他爱上了这片荒地。

　　喜欢归喜欢，总不能当饭吃，挣不到钱怎么回家向妻子交代呢？这天，他正在犯愁，忽然过来了一位老头，他在荒地上东瞅瞅、西望望，忽然看见了那半畦菠菜，他蹲在地头，看了半天，喜欢得不得了，最后说想买点菜吃，厉志笑着说菜是自己吃的，不卖，那位老人软磨硬泡了许久，厉志才说："你实在喜欢就弄些吃吧！"老人拔了一大把，硬是给了厉志两元钱，厉志问他为什么不到市场上买，老人说："你这菜，新鲜，又是绿色食品，我吃着放心！"

　　那天晚上，厉志翻来覆去睡不着，最后他猛然想出了一个赚钱的好法子，那就是多种些蔬菜，卖给附近的居民。第二天，他便快速行动起来了，为了降低风险，他只种那些投入少、见效快、管理方便的蔬菜。不到1个月，他的蔬菜便已经长得非常茂盛了。

　　他觉得蔬菜需要上市的时候，便在路口立了几块牌子：绿色蔬菜，自己采摘，价格优惠，安全健康。这块荒地周围都是道路和居民区，路上人流量很大，牌子刚刚立起来，就有很多人过来观看、采摘。因为都是现场采摘，人们多数从菜畦中选大一点的蔬菜，想不到这样对厉志反而更好，因为拔了大的，小的很快就长起来了，于是他天天卖菜，地里的菜却不见少。

　　这片地有十多亩大，中间的水塘又特别大，只要他能够忙得过来，可以尽情地播种，几个月下来，他算了算收入，竟然比较可观。甭说，他的心里简直乐开了花。

　　眼看冬天就要来了，而老板依旧没有准备开发的迹象，他想建个简易点的大棚，以便在冬天继续种菜，为了稳妥起见，他还是决定先与老板联系一下，可是老板却始终不接电话。

看来老板应该不会开发了，于是他便放开手脚行动起来。除了大棚，他还种了几亩菠菜、黑菜之类的越冬蔬菜。

入冬了，家中种地的老婆也该忙完了吧！他决定把老婆也叫过来，一来让她帮忙，二来也弥补一下自己多年没能和她在一起生活的遗憾。夫妻两个和和美美地过一个温暖的冬天！

这天，老板和一群朋友醉意朦胧地走出酒店，当他刚刚坐进轿车，忽然收到了一条短信："我是那个给您看地的民工，非常感谢您，我今年的收入挺好！我知道您现在很困难，别难过，困难时期会过去的。工钱我不要了，我还要给您土地承包费，希望您能跟我谈谈。"

其实，老板的日子虽然不好过，但还没困难到连厉志的工资都发不起的程度，他本想故意不给他工钱，让他自动走人，然后再去骗别的民工，想不到竟然发生了这样的事。老板呆呆地看着短信，一时竟不知怎么回复才好。

绿色投资

章永要回家乡投资的消息一传开，村里人就兴奋起来了。他派头十足地回到家乡进行投资，真实他的车是租的，秘书也是雇来的。他到底意欲何为……

章永要回家乡投资的消息一传开，村里人就兴奋起来了。村民除了高兴，还有一个疑问，那就是章永这小子到底是怎么富起来的？难道真像人家所说的，城里遍地都是金子？

　　村子是个小山村，贫穷，闭塞。几年前一条公路从村边穿过，交通困难的问题算是解决了，然而村民们依旧贫穷，于是年轻人就纷纷扛起行李外出打工去了。

　　和多数年轻人一样，章永高中毕业后就投奔了省城的一个亲戚，可别说，这小子在家时实在看不出有什么本事，想不到到省城没几年就发财了，先是把父母接到了城里，接着又说要回乡投资，村民们能不高兴吗？

　　这天，一辆高级轿车驶进了村委大院，车里下来三个人，除了章永，还有他的女秘书和女司机，两位美女一下车就紧紧粘在章永身边，弄得别人既脸红又嫉妒。村委主任庄明把他们让到村委办公室，两位美女看着沙发面露难色，显然是嫌沙发太脏了，秘书拉着章永的手说："章总，你不是说后山景色优美吗，我们还是去后山看风景吧！"

　　"也好，我这次来就是想开发后山，在后山上搞旅游和养殖的。"章永对大家说。

　　一行人来到后山，秘书撅着嘴说："这不就是一座秃山吗？哪有什么景色？"章永也吃惊地问山上的树哪里去了，庄明不好意思地说已经伐光了！章永叹了口气说："我本来想拿200万对这里进行开发，这样，叫我如何投资？"

　　大家闷闷不乐地回到村委，庄明坚持要请客，章永婉言谢绝了，两位美女也钻进车里，一个劲地按喇叭。

　　离开村委时，章永说："这资我肯定是要投的，

爱是梦想的翅膀

不过你们得先把山绿化好，为了表示我的诚意，每栽一棵树，我先给 10 元钱的补贴，等我正式开发时，每棵树再补贴 20 元，至于树的所有权，不用说，归你们所有。"

当章永的轿车顺着公路绝尘而去，村民们有的遗憾，有的感慨，有的骂章永这小子捉弄人。不过，树还是要栽的，毕竟补贴诱人啊！当年春天，后山便绿化得差不多了，还好，这次章永没有食言，拿到补贴后，原先骂章永的人都有些过意不去，于是发誓要把山上的树管好。

转眼间，许多年过去了，后山上早已绿树成荫。人们一再催促章永回来投资，章永却以各种理由推托。这时，已有好几位投资商看中了后山，村里便以极高的价钱把部分开发权卖给了几位外地的商人。

这天，章永在电话里质问庄明，庄明说："我们实在等不及了，就卖了一少部分开发权，其余的还等你开发。不过，你放心，你为栽树花的钱，村里会双倍偿还，因为倘若没树，绝对不会有人来投资。"

章永哈哈大笑，庄明一头雾水。

最后，章永说："你还是把开发权都给别人吧！我哪有那么多钱进行开发呀！其实，我那次回家，车是租的，秘书也是雇来的。我听说后山的树伐了，感到心疼，就想设法对后山绿化一下。栽树的钱我当然不要了，这点钱我还是出得起的……"

校园里的新规定

新学期开始，学校里出台了很多新规定，这些新规定对学生的要求比原来都严格了许多。这些规定一出台，就引起了学生们的强烈反对。老师该如何应对？

新学期开始，学校里出台了很多新规定，这些新规定对学生的要求比原来都严格了许多，包括学校在校期间必须穿校服，男生不能留长发，女生不能烫发、染发，还要求学生在校内不能带手机。这些规定一出台，就引起了学生们的强烈反对。

必须做通学生的思想，以后班级工作才能正常开展，然而怎样让有些习惯了自由的学生认识到这些规定是对他们有好处的呢？高二（6）班班主任赵老师有些头疼。高老师是一个非常有教学和管理智慧的老师，他知道只要认真考虑，肯定能够找到解决问题的最佳办法。

这天是周末，赵老师在家陪刚上小学二年级的女儿做作业，女儿的铅笔突然断了，要他给削一下铅笔。不削不知道，一削，赵老师才发现这支铅笔表面上很好，可是里面的铅却很不好，削着削着就断了，赵老师不禁摇头。猛然间，赵老师心中想出了一条教育学生的最好方案。

第二天的班会课上，赵老师只带了一支可以用来画素描的 3B 铅笔，张老师拿着铅笔对学生说，这是一支 3B 铅笔，大家知道，用它可以画出很好的素描画。

爱是梦想的翅膀

但是它要想画出一张漂亮的素描画，需要具备怎样的条件呢？

对这么简单的问题，学生有点不屑一顾，但是赵老师要求学生必须把需要具备的条件都说出来，学生们才陆陆续续地总结起来。

有的学生说，铅笔的铅必须好；有的学生说包裹在铅外面的木头必须好；也有的学生说，是否能够画出一幅漂亮的画，关键是拿着铅笔的手怎么样；也有的学生说，有一块好橡皮也是非常重要的……

等学生们说得差不多了，赵老师说，同学们总结得正确，但是都缺少一点高度，如果一支铅笔能够画出一幅漂亮的画比喻成人生的成功的话，那么成功需要具体什么条件呢？

这个问题显然就有一点难度了，学生们开始埋头思索。接着就陆陆续续地开始总结了。

要想成功，就不能过分自由，要允许别人对自己的束缚，要允许有一只手把自己握住。一个学生说。

你必须忍受刀削般的疼痛，因为这些痛苦是必需的，只有这样，你才能显露出自己的精华和核心，才能更好地工作。一个学生说。

不要过于执着，要承认你所犯的任何错误，即便别人全面否定了自己，也要勇敢重新开始。一个学生说。

穿上什么样的外衣不是最重要的，最重要的是你都要清楚一点，你最重要的部分总是在里面。一个学生说。

在你走过的任何地方，都必须留下不可磨灭的痕迹，不管是什么状态，你必须写下去。请相信，努力过，总会留下有意义的足迹。一个学生说。

赵老师对学生们的总结给予了充分的肯定，接着对学生说："知道今天这节课的真正目的了吧？"

"知道了！我们需要认真配合学校的新规定，老老实实地服从学校的管理！"同学生异口同声地说。

"这可是同学们自己说的，既然说了，一定要好好落实，不许反悔呀！"赵老师说着，脸上露出了满意的笑容。

一斤灯油的爱情

半年之后，张爷爷毫无遗憾地走了，给张爷爷办后事时，全村人都哭了。但张奶奶没有。张奶奶独自坐在屋子的一角，神情呆滞地抚摸着一个瓷瓶……

提起张奶奶，村里人没有不竖大拇指的。

多年以来，张奶奶一直一个人过日子。但由于她勤快，好强，日子过得比别人家也差不了多少。她一人拉扯大两个儿子，并为他们娶上媳妇。如今张奶奶早已子孙满堂，再加上她为人很好，成为村里颇受尊重的人。

让人感慨的是，张奶奶今年九十三岁，却已经一个人过了六十多年了。几十年前，曾有媒婆给张奶奶提亲，张奶奶气愤无比地把媒婆一顿好骂："我丈夫还没死呢！我改什么嫁？要改，你改吧！"媒婆只得灰溜溜地离开了张奶奶家。

是呀！张奶奶的丈夫确实没死。不过，在 20 世纪

爱是梦想的翅膀

40 年代就随国民党的部队去了台湾。此前，张爷爷是被国民党的部队硬抓走的。当时，他们的大儿子才两岁，小儿子还没出生。后来，张爷爷随部队四处转战，几乎没回家。算起来，张奶奶与丈夫在一起总共生活了三年。

据说，张爷爷随部队去台湾前，回过一趟家。当时张爷爷说自己不是称职的丈夫，也不是合格的父亲，心里实在有愧。此去还能不能回来，谁也不知道，自己手里也没有钱，只能给张奶奶装一斤灯油，并告诉她，希望她点完灯油再改嫁。

想不到张奶奶异常坚定地说，你迟早会回来的！我等。

张奶奶说到做到，她不但真没改嫁，而且做了很多令村里人异常敬佩的事。张奶奶一个人带两个孩子，生活格外困难，张奶奶每天早起晚眠。为了多挣点公分，总是干男人才干的重活。张爷爷有个弟弟，虽说也成家立业了，但一点都不孝敬父母。孝敬父母的事，都由张奶奶一个人承担。尤其是婆婆瘫痪后，很难照顾，但是再苦再累，张奶奶也没有一声怨言。"文革"时期，因为丈夫去了台湾，张奶奶被红卫兵当成坏分子天天游街示众，不管他们怎么逼迫，张奶奶硬是没说一句丈夫的坏话，因此张奶奶经常被打得遍体鳞伤。村里的好心人都暗暗感慨：命运对张奶奶太不公平了。

这一切，张奶奶都挺过来了。不但挺过来了，而且还过得好好的。她的两个孙子都很争气，考上了大学，还找到了很好的工作。

爷爷回来了！爷爷回来了！

十几年前，张奶奶的孙女动情地呼喊着这令人激动的消息时，落日的余晖正把整个山村渲染得壮丽辉煌。听到呼喊的人都停下了手头的活奔走相告：这一天，张奶奶终于等到了！

那个夜晚，村里人集体沉浸在巨大的喜悦中。大家把张爷爷团团围住，不停地问东问西。转眼已月上中天，这时，大家忽然发现张奶奶不知去了哪里。急忙四处寻找。

原来，不知什么时候，张奶奶已经独回到自己居住的宅院中睡觉去了。大家这才觉得光顾着自己说话，竟然把主角忘记了，于是就把张爷爷领到了张奶奶的院子里。人们一边听着张爷爷的叫门声，一边偷笑着各自回家了。

第二天，很多村民都起床格外早，大家都想看看一夜之后这对久别重逢的老人会是什么样子。等大家来到张奶奶家，顿时惊呆。人们只见张爷爷一动不动地倚在张奶奶的门上，一头霜花，如棉似雪。人们认为张爷爷出现了意外，于是轻轻地呼唤他，待到他睁开眼睛，人们才长舒一口气，原来张爷爷就这样睡了一晚。

人们认为张奶奶只是暂时无法接受张爷爷，想不到很长时间以来张奶奶一直不肯接受他。好在他们的孩子接受了，他们用张爷爷带来的钱，在张奶奶的住处附近给张爷爷盖了几间不错的房子，并添购了不少现代化的家具。可是张奶奶依旧独自住在自己破旧的小屋子里，与张爷爷形同陌路。虽然张爷爷也试图为张奶奶做些事，可是张奶奶始终不让张爷爷接近自己。

一年之后，张爷爷得了脑血栓，本来挺健壮的一个人，一下就病倒了。好在病得并不厉害，但是出院之后，依旧行动不便，无法自理。家里人都忙，实在难以照顾张爷爷，就在儿女们一筹莫展之时，张奶奶却来到了张爷爷的住处，主动承担起了照顾张爷爷的全部任务。

张奶奶照顾张爷爷可细心了，村里人看到张奶奶照顾张爷爷的那种认真劲，都不禁感慨落泪。人们都说，要不是张爷爷病倒了，真不知道张奶奶什么时候能够接受他。

半年之后，张爷爷毫无遗憾地走了，给张爷爷办后事时，全村人都哭了。但张奶奶没有。张奶奶独自坐在屋子的一角，神情呆滞地抚摸着一个瓷瓶。瓷瓶用蜡封口，晶莹剔透，里面有半瓶浅黄色的液体。

这是什么？有年轻人悄悄地问，有知情人小声说，是张爷爷去台湾前给张奶奶装下的那一斤灯油。

下决心时尚一次

文娜是那种既传统又保守的女人，她看不惯那些整日追逐时髦的女人。现在在丈夫的鼓励下，她却下决心时尚一次，那么，她选择从什么开始呢？

结婚十多年来，石溪对老婆文娜一直很有意见。

文娜是那种既传统又保守的女人，她看不惯那些整日追逐时髦的女人，在她看来，一个女人如果整日为穿着打扮而忙忙碌碌，为追赶时尚潮流而浪费金钱劳神费思，生活就没意思了。

她非常怀旧，一件衣服穿三五年很正常。本来，这有很多好处，至少节约钱。可是石溪偏偏不领情，石溪希望妻子时尚些，至少也别太落伍了。文娜现在的打扮让他觉得很没面子，为此甚至都不愿意一起跟她上街。

石溪整日苦口婆心地劝文娜要时髦些，文娜照旧我行我素。于是两口子经常吵架也就在所难免了。然而不管怎么吵，文娜照旧我行我素。

文娜的另一个特点是非常怀旧，用过的东西，穿过的衣服，一点也舍不得扔，于是家中堆满了各种旧东西，橱子里、纸箱里、床角上到处都是。不用说，虽说文娜整天收拾，家中依旧显得十分杂乱。

石溪多次要求文娜把那些可有可无的东西送人，或者当垃圾扔掉，文娜似乎也觉得保存这些东西太麻烦，只是看来看去，哪一件也不舍得处理。

这年春节临近，石溪拿回家一本书，扔给文娜说："你不是喜欢看书吗？这可是一本好书，看看吧！听说现在很多人都在读。"

文娜拿过书一看，书名挺新颖，《岁末断舍离》，封面也设计得挺好，文娜一看就喜欢上了。

这天，文娜看了几页书，不禁笑了，因为他知道老公为什么买这本书给自己看了。书中的核心思想是要人学会"断舍离"。所谓"断舍离"，就是对人生做减法。它主张人应该从根本上反思自己与物品的关系，对物品进行简化、取舍，与一切自己不需要、不适合自己和令自己不愉快的事物断绝关系，从而省出整理的时间和精力，用于享受生活本身。

文娜合上书，陷入了沉思。

爱是梦想的翅膀

几天后，石溪出差回来，一回家就问文娜读过那本书了吗。

"读了！"文娜回答道。

"觉得书中的观点怎么样？"

"太好了！书中的思想很新颖，故事也很有吸引力，我一看就喜欢上了。它帮我想明白了很多问题。"

"这么说，你是同意书中的观点了？"石溪非常高兴地说。

"对呀！我非常同意！"文娜点了点头。

"既然同意，为什么不付诸行动呢！为什么不干脆利索地与这些毫无价值的东西断绝关系呢？"石溪指着家中那些乱糟糟的旧东西说。

"可是，我觉得这些东西都非常重要，一点也不多余。我翻来覆去考虑了许久，只有一样东西是多余的！所以我决定也时尚一次。只是我不知道你是否同意我的想法！"文娜很认真地说。

"就一件？也太少了吧！不过，哪怕有一点进步也比毫无进步强。"石溪苦笑着说，"只要你觉得多余，把它清除掉就行了，至于这样认真吗？还得等我回家，看来你的思想还是没有放开！"

"可是我害怕你有意见！"文娜小心翼翼地说。

"一点意见都没有！"石溪大大咧咧地说。

"那好吧！"文娜看了一眼石溪，幽幽地说，"你抽个时间，咱们去把离婚手续办了吧！"

石溪顿时目瞪口呆。

自然之爱

听女孩这么一说，他惊出了一身冷汗，他猛然明白了爱是包容对方而不是改变对方。在爱的过程中，双方也许会有改变，但那应该是心甘情愿、自然而然的，而不是强加给对方的。

大学毕业后，厉均就在京城漂着，作为一个致力于室内装修设计的年轻人，他的设计既有创意，又有特色。虽然他的工作很忙，但是每过一段时间，他都要抽空外出旅游。全国很著名的景点，他几乎都去过。但是他最喜欢的还是离京城不远的野三坡。

他喜欢在山如刀削斧劈般的百里峡慢慢行走，喜欢在怪石嶙峋河水清澈的拒马河自由漂流，喜欢在龙门天关笔力遒劲蔚为壮观的摩崖石刻前神思飞扬……他觉得野三坡的每一个景点都开发设计得很合理，既充分保护又合理利用了各种资源。来这里旅游，他每次都会受到不少启发。

这次来野三坡，他没参加旅游团，也没约同伴，而是独自步行。他觉得只有这样才能真正完成灵魂与景点的深度对话。

他正在拒马河对着一处景点发呆，忽然发现一对青年男女边走边笑地朝自己走来。看得出，他们情投意合，交流默契。看到他们如此恩爱，厉均不禁有些嫉妒。他今年已经 30 岁了，在感情问题上几乎是一片空白。

爱是梦想的翅膀

他们一边走一边欣赏，不时停下来指着或远或近的景点评论一番，他们的评论非常到位，一看就是真正懂得山水的人。

他猛然觉得有一个情投意合的恋人，那该是多么好的事情呀！

我应该看什么样的书，你给推荐几本吧！是一个女子的声音。

你看这两本书吧！

不想看！一看就不是我喜欢的类型。

宝贝！听我的，绝对没有错，读这两本书对你今后发展绝对有很多好处。等你看完这两本，我再给你买，你一定要尽快看完……

这天，在北图看书。他从书页间抬起头来时，忽然发现这两人似曾相识，仔细一想，原来就是在野三坡看到的那对恋人。他喜欢在书店看书，他们也是，渐渐就变得熟悉起来，有时甚至互相聊一会天。此后一段时间，他经常为她选购这样那样的书籍。

不知为什么，已经有很长时间没见到这对恋人了。厉均有些纳闷。

后来，厉均也恋爱了。那是一个小他八岁的女孩，叫鹃。鹃活泼、可爱。和她在一起，他感觉是那样的舒服。唯一让他不满的是她的某些生活习惯，她不爱读书，却迷恋网络，玩游戏、聊天几乎是她网上生活的全部。他非常希望她能改掉这些不足，把精力用到培养自己的一项特长上，可是她表面上听，实际上几乎不肯做任何改变。这让他非常气恼，他不禁想到了自己见到的那对关系默契的恋人。要是鹃也能像那个女子一样听话，那该是多么好的事情呀！

几个月后，他带着鹃去野三坡旅游。她是个不喜欢旅游的人，再美的风景她都不感兴趣。旅游过程中，他们几乎没有一点默契，这让他陷入了深深的苦恼之中。

这时一对恋人闯入了他的视野，看样子他们是来度蜜月的，他正看得出神，忽然发现那女的竟然是以前见到的那个女子，但是男的却是另一个。

在路边休息时，他们正好坐得很近，在男子起身去买东西时。女孩突然说："你一定为我老公不是那个人而感到纳闷吧？那人爱我，对我好，可是他对我的要求太多了。他不停地要我改变自己，在他面前我感到很累，既然我必须做很多改变他才会喜欢，那又何必强求呢！和我老公在一起，我就一点压力都没有，他不强求我改变自己。我很放松，也很快乐。"

听女孩这么一说，他惊出了一身冷汗，他猛然明白了爱是包容对方而不是改变对方。在爱的过程中，双方也许会有改变，但那应该是心甘情愿、自然而然的，而不是强加给对方的。

正如这风景优美的野三坡，如果不是顺其自然地开发利用，而是人为地加入很多违背自然的东西，哪里还谈得上人与自然和谐相处？哪里还有真正的美？

这时，一阵凉爽的山风吹来，女友的头发*丝丝缕缕*、迎风飘扬着。风里有一种淡淡的香气，那种香气有来自女友身上的，也有来自山野的。他贪婪地呼吸着，深深地陶醉着……

高贵灵魂

作为一名警察，那天我遇上了一件让我悔恨无比、欲哭无泪的事。我知道只要打捞及时，老孙是不会被淹死的，可是我根本想不到他的灵魂会如此高贵……

作为一名警察，我的工作压力非常大，因为我的工作对象是一些拘留在押人员。这些人乱七八糟，什么招数都能使出来。当然，我对他们也毫不客气。

这天，刚下过一场大雪，领导本来不想让他们出去劳动了，我说有些家伙表现特差，让他们出去享受享受，领导同意了我的要求，我和小张就专门挑了几个平日表现最差的出去劳动。

去工地需要经过一条曲折的盘山公路，司机开着车小心翼翼地前进着。路面本来就有些倾斜，再加上刚下过雪，非常滑。路的一边是水库，我们都有些紧张。

我们刚转过一个弯，前面一辆满载乘客的客车忽然发生侧翻，"嘭"的一声翻入了水库之中。司机急忙把车停了下来，询问我们是否下去救援，我们从未遇到过这种情况，实在不知怎么办才好，因为现在的问题是：不参与救援，就等于见死不救；参与救援，我们又担心这些人会趁机逃跑，我们急忙打电话请示领导，电话通了，但领导没有接，电话不停地地响着，我急出了一头热汗。最后只得按断电话与小张商议，小张刚参加工作不久，比我还要紧张，更拿不定主意。

"看你们平日比鬼子还凶，真遇上事，怎么比娘们还娘们！再这么婆婆妈妈，人都淹死了，还救个屁！"一脸刀疤的老孙吼道。

"人命关天，救人要紧，这可是你们立功赎罪的好机会，你们要是趁机逃跑，可别怪……"我还没说完，刀疤狠狠地给了我一脚。

我和小张快速放开这些人，除了有一个胖子说自己不会水，站在岸边没有动，其他人纷纷脱掉棉衣，跳入水中，一开始，我们还担心他们会趁机逃跑，后来看到他们都开始救人，也脱掉棉衣，跳入了水中。

我小时候学过游泳，跳入水中后，才发现已经基本不会水了，再加上天气特别寒冷，我刚游到车边就有转腿肚的感觉，刀疤抱着一个儿童从车里钻了出来，把孩子塞给我又钻入了车中。我把孩子抱到岸上，又回头接他们从车中救出的妇女和儿童。

我们救出一些人后，救援速度明显加快了许多，因为救出来的人也有许多参与到了救人的行列之中，不久，车里的人就都救出来了，售票员清点了一下人数，一个也没少，大家都长舒了一口气。很快，救护车就赶来了，受伤严重的人被拉走后，混乱的局面有所缓解。

我把人召集起来，一看，结果刀疤不见了，我心头一震，看来我最害怕的事情还是发生了——刀疤趁乱逃跑了。刀疤是一个狡猾的惯犯，作案比较多，被我们抓住后，曾多次企图逃跑。

我转念一想，他会不会在救人的过程中出现意外呢，于是急忙问其他人，那些在押人员哈哈大笑，刀疤会被淹死，那真是怪了，你知道刀疤的外号是什么吗？浪里白条第二,一个猛子能扎几百米呢?只要让他下了水,别说你们不注意,就是注意,也拿他没办法。是啊!我怎么把这点给忘了,刀疤的诸多劣行中有一条就是经常到各地鱼塘偷鱼。

我急忙把情况汇报给领导,领导让我们抓紧时间赶回去,抓捕老孙的事以后再说。

下午,我们接到一个电话,原来他们把客车弄出来后,发现客车的角落里有一个人,仿佛像我们所说的刀疤,叫我们过去看一下,我们急忙赶到那里,果然是他。他双腿扭曲,两手上举,不用说,他是在救人过程中劳累过度以致腿脚抽筋才被淹死的。

我悔恨无比、欲哭无泪。其实,只要打捞及时,老孙是不会被淹死的,可是我根本想不到他的灵魂会如此高贵。

如影随形

肖丽是他第一次装修时,房主带来的那个美女。张林拿着手机,出了好一会神。当然,他不会不去,只是他怎么也猜不出等待他的会是什么。

这天,张林和他的助手刚准备开始工作,门外就响起了敲门声。

张林开门时,门口站着房主和一个美女。美女上身穿紫色的无袖衫,下身是黑色的紧身短裙,既时尚又养眼。

房主说这些日子忙，由表妹来替自己打理这里的事情。张林想，有这样的美女陪着，以后的日子好过了。

大哥，搞装修应该挺赚钱吧？要不，你教我装修怎么样？趁张林休息，美女倒上一杯水，好奇地询问起来。

这个，你学不太合适，不过，你真想学，我倒是可以教你。说完，张林就拿过施工图，教美女看起来。

张林讲得仔细，美女听得认真。为了给美女多讲一会，张林讲完施工图，又讲起装修的其他问题来。

待到再次开始装修，张林一边干活，一边不时扫一眼美女，美女也不时用羡慕的眼神悄悄扫一眼他，张林心里别提有多高兴了。

然而他很快就高兴不起来了，因为美女发现了装修中存在的问题，原来，张林把本该铺设三道的水管，简化成了一道。

大哥，您是不是看错了呀？美女扑闪着美丽的大眼睛问。

张林尴尬无比，只得拿起开槽机重新开槽。

不对！不对！不是要求手动开槽吗？张林只得无奈地放下电动开槽机，拿起凿子慢慢凿起来。

此后，美女接连发现了装修中的诸多问题，没有办法，张林要么重新买材料，要么重新返工，有过多次教训之后，张林再也不敢想歪门邪道了。

有了美女的监督，本来半个月就能干完的活，结果用了20多天，再加上不能偷工减料，至少少赚3000元，张林郁闷极了。

这天，张林终于又揽到了一个活，他刚准备动工，房主同样领来一个美女，张林心有余悸地问美女与房主

爱是梦想的翅膀

的关系，没等房主开口，美女就自报家门说，表哥搞装修，自己大学毕业后没找到工作，闲着也是闲着，顺便给表哥帮帮忙。有了上次的教训，张林再也不敢显摆，他悄悄观察了美女好长时间，看上去她似乎不懂装修，就试着在某个不易被发现的地方悄悄做了下手脚，没想到立即被美女逮个正着。

这次装修完，张林再也受不了了，他实在想不到接连两次都碰上这样的事。说实话，现在装修市场竞争很激烈，搞装修的多，为了揽活大家都把价格压得很低，就算你好不容易揽个活赚钱也不多。要想多赚钱，就得偷工减料或以次充好。若有个懂装修的人自始至终监督着，别说赚钱，能不折本就不错了。而张林的女儿明年就要上大学了，自己因为迫切需要多赚些钱才搞起了装修承包，以前虽说也干过十多年的装修，但那都是给别人打下手，赚钱少，碰上黑心工头，一点钱也挣不到，所以家中一直很拮据。

张林把希望寄托在下一次上。当他再次找到活后，房主照旧领来了一个美女，张林立即知道这次又完了，干脆老老实实地装修起来。装修过程中有不少人前来参观并打听价格，张林知道这地方的活没法干了，就把价格说得很高。但令张林不解的是竟有好几家准备找他装修，若以这样的价格装修，那还是大有赚头的。张林实在想不到竟有这等好事。

这晚，走在回住处的路上，张林虽然感到非常疲惫，但内心却很惬意，就想找个地方小饮几杯。到哪里去呢？在这灯红酒绿的大都市里，找个适合他喝酒的地方还真挺难。他正考虑着，忽然收到了一条短信：大哥，这些日子，你一定对很多遭遇迷惑不解吧？你一定想了解事情的真相吧？那就到相悦酒吧陪我喝杯酒吧！相信我，我不会让你失望，等待你的将是更大的不可思议！肖丽。

肖丽是他第一次装修时，房主带来的那个美女。张林拿着手机，出了好一会神。当然，他不会不去，只是他怎么也猜不出等待他的会是什么。

特殊的志愿

在填报高考志愿的时候，刚刚过了重点线的一个学生在志愿表上竟然只填了一个学校——北京大学，并且在是否服从调剂栏目里涂了不服从。这是为何？结局如何？

"拿回去重填！有你这么填志愿的吗？"高老师把高考志愿表生气地甩给马明说。

"我要是不重填呢！"马明直直地瞪着老师说。

"你敢！看我不揍你！"

高老师说完，才觉得自己说话语气太重了。高老师平时为人是非常和蔼的，可他今天实在太忙碌了。今天学生填报本科志愿，多数同学都来咨询班主任，而填报志愿本身有一定偶然性，很多同学偏偏喜欢刨根问底，弄得高老师既忙碌又烦躁。

马明平日是班里最好的学生，正常发挥考北大清华是没有问题的，但他高考发挥失常，只刚刚过了重点线。

爱是梦想的翅膀

可是他在志愿表上竟然只填了一个学校——北京大学，并且在是否服从调剂栏目里涂了不服从。

马明依旧直直地站在那里，根本没有想改的意思。

"一个人有自己的追求是对的，但要学会面对现实。以你现在的分数，报一所一般的重点本科院校能被录取就很幸运了。弄不好，只能上二本，所以二本的第一个志愿也一定要选好！你这样报，压根就没希望！"高老师只得耐心地说。

"我不会改了，这是我深思熟虑的结果。"马明把志愿表再次放到讲桌上。

高老师想不到平日很听话的马明竟然这么固执，于是只得继续做工作，无奈好说歹说，马明就是不听。

高考报名结束许多天以来，高老师一直觉得马明这样做实在不可思议，也许有什么难言之隐。这天，他决定约马明出来单独谈谈。

"能说说为什么这样做吗？"他们在县城文心广场见面后高老师说。

"我就是非北大不上，不行吗？"马明说这话时，没有看高老师，而是非常忧郁地看着广场上熙来攘往的人群。

现在是阳历 8 月份，正是一年中最热的时候，虽然还不到 10 点钟，但广场上的热浪已经随着蝉鸣一阵阵扑来扑去。高老师擦了一把汗说："看得出，你一定另有隐情，说说吧！也许我能帮你！"

"老师，有很多问题是做思想工作解决不了的。你还是别问了吧！"马明说完，轻轻摇了摇头，长长叹了口气。

无论高老师怎么问，马明就是只字不提，高老师也没了办法。有很长一段时间，他们就这么静静地坐着，谁也不再说话。

临近中午，马明忽然开口了："谢谢您陪我坐了半个上午，我还是告诉你实话吧！今年我压根就没打算上大学。在高考前最后一次回家时，我无意中发现父母已经写好了离婚协议，他们把离婚时间定在我考上大学之后。这几年，他们一直感情不和，也许是怕影响我学习才勉强维持着。自从知道这件事后，我甚至连退学的想法都有了，可转念一想，这只能使他们更快地离婚，就打消了这个念头。我想等落榜后再去复读，以便让他们有时间再磨合磨合……"高老师异常感慨。

想不到后来发生了一件不可思议的事——马明被北大录取了。这年高考报名出现了意外，报考北大的学生数量不足，这样刚刚过了重点线的马明就被录取了。

知道这件事后，高老师既高兴又遗憾，他决定亲自去一趟马明家。不用说，马明非常失落，而他的父母却欢天喜地，他们非常热情地留高老师吃饭。趁马明出去买酒时，高老师说："你们知道马明为什么这么失落吗？"

"对啊！这孩子，真是不可理喻！这么低的分数，白拾了个北大，还不高兴！"马明母亲边说边挖了一眼马明父亲。

当高老师告诉他们原因后，马明父母都愣住了。

高老师说："马明是个懂事的孩子，同时又是个幸运的孩子。要不是因为知道了你们的事，他本来能考更高的分数。在高考发挥失常后仍毫不犹豫地报考北大，就是打算用自己的前途换取你们的幸福。你们可别辜负

爱是梦想的翅膀

了孩子的一片苦心啊！"高老师说到这里，马明父母都低下了头。

　　许多天后，马明幸福地踏上了北上的列车。不用说，他的父母已经重归于好了。

第五辑　得失坦然

　　人生路上，有得也会有失。得到时，人自然高兴，失去时，人难免痛苦。然而无论得失，都该坦然面对。得到，并不一定意味着可以长久；失去，也并不一定意味着不再拥有。人生道路上的失意是不可预知的。得，就欣然接受。失，就全然放手。得失皆坦然。若能如此，可谓人生很高的境界。面对得失，人们对人生有着各不相同的诠释。

开　方

　　对家中的祖传医书，我又何尝不知道祸害了可惜呢？但连日常工作和基本生活都疲于应付的我，哪有时间和精力保护或学习它们呢？我禁不住长叹一声……

　　从上小学，我就开始给人开药方。

爱是梦想的翅膀

　　那是 20 世纪 80 年代初期，农村人上火牙疼的特别多。但治疗牙疼，却没有很有效的办法。

　　我母亲就经常牙疼，疼起来，寝食难安，叫苦连天。每当此时，母亲就埋怨父亲无能，说要是爷爷在世，肯定轻而易举地就给她治好了，根本不用受这份罪。

　　我爷爷在世时是附近村里有名的中医，别说一般的病，就连很多难以治愈的疔疽恶疮也不在话下。

　　看母亲受这般折磨，再加上被母亲埋怨，要强的父亲就硬着头皮给母亲开方，父亲记忆力很好，但没上过一天学，想开方只能找人帮忙，于是正在读小学的我就承担起了这项重任。

　　起初我只给母亲开方，邻居们知道后，也找我开，渐渐地，大半个村子里的人都来开方。每当有人前来，父亲总是先询问病情，然后口述药名和分量，我则如实记录下来。

　　我发现对来人的病情，父亲问归问，开出的药方却基本一样。于是再有人来，往往父亲还没问清病情，我的药方就已经写好了。每当此时，病人总是夸我一番。

　　这天，又有病人前来开方，我开好后，父亲要我念一下，待我念完，父亲稍做犹豫说："吃吃看吧！不合适的话再来改方。"

　　病人走后，父亲立即问我怎么把陈皮开到药方里了，我这才认识到自己开错药了。

　　那一夜，我几乎没睡着，不知道病人吃下这开错的药会是什么结果。几天后，我在上学路上碰见那人，他拍着我的肩膀，高兴地说："你开的方真有效，我吃一副就好了！"

后来我才知道，那晚父亲和我说完就立即去了药铺，跟抓药的大夫说明了情况。

无论如何，母亲还是信赖中医的，但在西医盛行的年代，中医越来越少了。而在我们村几十里范围内，更是找不到一个像样的中医。于是每次生病，母亲都让父亲和我给她开方。但父亲记住的药方毕竟有限，等我上初中时，母亲就让我照着爷爷留下的医书来开方。那些书没有标点，再加上有很多繁体字和医学术语，我简直如读天书。即便这样，我还是给母亲和村里人治好了多次病。为此，母亲很是引以为豪。

如今母亲已近古稀之年，身体越来越差，病情严重时，依旧叫我从医书上找药方。我知道不懂医学却胡乱开方，是极为错误的，因此每次母亲叫我开方，我都劝母亲去医院治疗。可是母亲比我还固执，说绝不去医院浪费那分子钱。很多时候，我和母亲就这样僵持着，谁也不肯让步。

我知道，母亲对我是心存不满的。母亲希望我学中医，可是我却违背了她的意愿。即便现在，母亲还希望我能利用业余时间学习中医。母亲性格要强，什么事都不愿输给别人。多年来，我家在母亲的操持下，多数事情都办得可圈可点，唯独我的不争气让母亲颜面扫地。

我性格执拗，在人生大事小事上都固执己见，几乎从来不听母亲的。这些年，我越混越差，在母亲看来，那都是因为我在人生的十字路口选错了方向。母亲渴望我能够听她的，哪怕只有一次。但我觉得即便母亲的决定是正确的，让人到中年的我一切从头开始也是不现实的。

爱是梦想的翅膀

前些日子回家，母亲又在翻看爷爷留下的那箱医书。我已经好多年没动过那些书了，母亲在一直出神地翻看着，我也禁不住蹲下身来翻阅。

由于保管不善，那些薄如蝉翼的书纸已变得脆弱不堪。每一次翻动书页，都有无数细小的纸屑从书上掉落，屋子里也充满了淡淡的霉味。

当我拿起最底层的一卷书时，发现下面还压着的十几张有些泛黄的白纸，我这才想起，十几年前，母亲曾经让我把这些书重新抄写一遍，然而我仅仅弄了十几页就放弃了。

"多珍贵的书呀！祸害了，多可惜！"母亲一边翻书一边幽幽地说。

其实，我又何尝不知道这些书祸害了可惜呢？但连日常工作和基本生活都疲于应付的我，哪有时间和精力保护或学习它们呢？我禁不住长叹一声，眼泪也差点流了下来……

无处不在的侦察员

他的谋杀方案可谓天衣无缝，可是他却在毫不知情的前提下被侦察员抽取了身上的血液，于是警察很容易地就抓住了他……这些侦察员到底是怎样的高人呢？

周警官和别的警察赶到事发现场后，就看到倒在血泊中的孙丁。

据查看，孙丁是脑部中弹，持枪射击者像一个高明的狙击手，子弹打得非常准确。孙丁是刚刚走下轿车，准备往楼上走的时候中枪的。看得出，这是一次设计精密的谋杀。

周警官仔细分析了现场的环境，离孙丁中弹处不远的对面，有一座废弃的烂尾楼，射击者很可能就是藏在这幢楼里面的。从孙丁中弹时的位置以及子弹的入射角度来分析，周警官很快就断定了射击者的具体位置。于是他们快速爬上了那座楼，可是那个谋杀者显然是经过周密的设计，那个地方虽说明显有人活动过，但是没有留下任何有价值的痕迹。

看来，只能从别的角度对案件进行侦破了。

孙丁是 N 城非常有影响力的企业家，他的集团公司之下有数个分公司，所涉及的行业很多，他的社会关系与人际关系也非常复杂，所以要想快速确定犯罪嫌疑人及其作案动机，显然是非常困难的。

因为孙丁的特殊身份，他被谋杀的消息在 N 城很快传播开来，有关部门希望能够快速侦破案件并给公众一个说法。于是局里迅速抽调精干人员成立了专案组，以便快速破案。

专案组分成几个小组分头行动，经过一上午的排查，初步确定了几个犯罪嫌疑人。一方面为了避免打草惊蛇，另一方面是因为这几个人多数是有头有脸的人物，不便直接对他们进行调查，案件的侦破工作再次陷入僵局。

因为周警官还是负责从现场搜集证据，他再次爬上了那座烂尾楼，在那个地方仔细查看，他不相信犯罪分子会如此狡猾，竟然一点线索都没留下。可是他努力了好久，依旧没找到有价值的线索。

这是一个闷热的下午，屋顶的墙壁由于直接受到太阳的照射，非常烤人，四周的热浪也不停地向烂尾楼扑来，周警官感觉自己仿佛在蒸笼里一般，偏偏又有一些个头很大的黑蚊子不停地围着自己盘旋，并不时叮咬自己，弄得他更加烦躁了。

他不停地拍打着落在身上的蚊子，每当拍死一个已经吸了血的蚊子，手上就会沾上一些鲜血。一段时间之后，他发现自己的手上已经血迹斑斑了。

如果那位杀手埋伏在这里，蚊子难道不会叮咬他？可不可以从这个角度切入呢！有了这个想法之后，周警官兴奋不已。

他仔细查看现场周围的墙壁，很快就发现了几只已经吸饱了血的蚊子，他小心地抓住了五六只蚊子，并把这些蚊子带了回去。经过化验，除了两只蚊子身上的血的 DNA 与周警官的相同，别的蚊子身上都有相同的 DNA，也就是说这些蚊子吮吸的血液很可能就是射击者身上的。

于是，整个案件的侦破顿时变得柳暗花明起来，很快，公安机关就锁定了犯罪目标，并迅速将犯罪分子抓获。

暗杀孙丁的人是孙丁一个外地的生意伙伴（名字叫衣一苇）派来的，衣一苇与孙丁有很复杂的交易和关系，所以就想通过暗杀孙丁来获得自己想得到的利益。行凶者是当地人，因为有犯罪前科，找不到工作，被雇来担任杀手。

第二天，正在办公室给下属开会的衣一苇，就被捉拿归案了。在接受审查时他目瞪口呆，他实在想不到公安机关这么快就找到了自己。一开始，他还拒不承认，可是在铁的事实和证据面前，他只能低头认罪。

"为了谋杀孙丁，我精密计划了一年，为了等待时机又用了三个月，我认为我的谋杀方案可谓天衣无缝，你们竟然只用一天就破了案，这简直是不可思议！告诉我，你们是怎样破案的，也好让我死得明白！"衣一苇如实交代完一切后问道。

周警官淡淡地笑了一下说："是我们无处不在的便衣侦察员帮我们破的案，他们在行凶者毫不在意的前提下抽取了他身上的血液。"

"真不该找这个笨蛋，被人提取了血液还毫不知情！"衣一苇痛苦地不停甩打着手铐说。每一次甩动，那手铐都发出令人不寒而栗的脆响。

多元成才

社会发展了，如今的时代是一个多元成才的时代，真的是"条条大路通罗马"了，我们除了接受这样的现实，还要积极应对……

"春季高考和夏季高考有什么不同呀？"

"两种高考考试内容和考试方式差别很大，所以普通高中的学生想参加春季高考就得进行培训……等考上之后，就一样了。"

爱是梦想的翅膀

"你确信一样吗？"

"这个你放心，我们单位是非常专业的培训机构，对春季高考，我很了解……"

"平白无故的，弄什么春季高考呀！没事找事！"

说完，赵军就把电话挂了，弄得老王茫然若失。

作为一家培训机构的教师，老王经常接到各种咨询电话。刚才打电话的是他的高中同学赵军。

虽说是老同学，但平日他们几乎不联系。赵军很有一股蛮劲，上高中时，学习异常刻苦，硬是由一个中游生考入了本科院校，当时班里考上本科的只有三个人。参加工作后，赵军同样非常努力，在单位一直像老黄牛一般卖力。

从一开始打电话，老王就听出赵军带着很大的不满，但这种不满缘何而起，他猜不透，就决定通过严俊了解一下情况。

严俊也是他的高中同学，严俊学习不认真，但活动能力强，当时学校不大，全校学生他能认识一多半。他没考上大学，高中毕业后就开始四处打工，等考上学的同学们陆续毕业时，他已办了个效益不错的小厂子，二十年后，他已是年收入100多万的老板了。这些年老同学们陆续走上领导岗位，他和同学们的良好关系更让他如虎添翼。

他为人热情，消息灵通，不管有什么事，同学们都愿意问他。

"也不知道为什么，赵军刚才没头没脑地给我打电话，他现在混得怎样呀？"拨通电话后，老王问严俊。

"赵军呀，这几年不是很顺，去年他单位提拔一个副科，他本来挺有希望的，但最后提了个比他年轻许多的，错过这次提拔，赵军就再也没有机会了，所以异常郁闷。再加上他对象的单位这几年效益越来越差，肯定也影响到他的心情。"严俊说。

"难怪跟我打电话，带着很大的情绪，还无头无脑地问我春季高考的事。"

"呵呵！最近他一直问大家这个，他的女儿不是今年参加高考了嘛，本来成绩一直不错，可是考夏季高考差5分没到本科投档线。我儿子建子不是通过春季高考考上了嘛，本来他女儿一直比我儿子成绩好很多，他实在没想到会是这种结果，所以四处询问春季高考的事。估计是因为难以接受这样的现实而心理失衡了吧。"

经过一番思考，老王决定跟赵军好好谈谈。

"今天忙么？"这天，老王电话联系赵军。

"不忙，有事吗？"赵军问道。

"咱老同学许多年都没见面了，没事你出来咱俩喝杯酒吧！"

"谢谢你还记得我，我知道自己混得不好，咱同学几乎没一个搭理我的，是呀，我背！我怎么就这么背呢！就拿我与严俊来比吧！你说我哪里比他差呀，我学习比他努力，成绩比他好，我是本科，他连专科都没考上，可凭什么他成了身家上千万的老板，而我却连个有名无实的副科都混不上。单单我背也就罢了，为什么我的孩子也背，我女儿成绩那么好竟然没考上，而他那成绩一直不咋地的儿子竟然考上了本科！"赵军愤愤不平地说。

"是呀！我也遭遇过很多类似的事，表面上看这似乎不公平，一开始我的心里也不平衡，不过现在我基本想通了，社会发展了嘛，这本来就是一个多元成才的时代，真的是'条条大路通罗马'了，我们除了接受这样的现实，还要积极应对。有些事电话里说不清楚，你过来，让老同学好好开导开导你。你来不来呀？"老王说。

"去，当然去，别说不忙，就是再忙我也要去，你是这几年来唯一一个真正关心我的同学，我能不去吗！"赵军语音里充满了感动。

挂掉电话，老王激动地做了一个成功的手势。

不过他拿不准如果赵军知道自己的目的后会怎么想。他想劝赵军用他女儿和建子的反差为培训机构做个广告，同时让他女儿复读并参加他们单位的培训……

让爱漂流

在感情问题上，倘若对方已经不爱自己，那么自己努力再多，也只能是徒劳；倘若对方爱自己，即便自己放手，爱也不会随水漂走。

是一次重感冒逼他走进了那个靠近工地的诊所。

开诊所的，是个皮肤白净的年轻女孩。

当女孩给他检查病情时，那温暖的触摸，让他突然有了立刻成家的渴望。

他是个工地工程师，今年32岁。论说也早该成个家了，可是他却固执地坚守着自己的爱情理念不肯将就。

很快，女孩就给他挂上了吊瓶。诊所很忙，女孩一袭白裙，脚步轻快，裙摆不时悬起，像迎风飞舞的蝴蝶。

以后几天时间里，他天天去诊所挂吊瓶。不忙的时候，她会同他聊聊天。慢慢地，他的病好了，他们的感情也渐渐升温。

此后半年，他们爱得很幸福。当然，也闹矛盾。

他总说她太善良、太热情了，他怕她的善良和热情会让人误会她喜欢人家。事实上，也确实有不少男人这样认为。于是他一次次劝她改变自己，她却觉得自己没有错，自然也不会改变自己。

半年后，工程结束了，他随新的建设项目转到了外地。他们见面的机会少了，更多的时候，他们通过QQ进行交流。她的QQ好友很多，他不希望她结识太多的朋友，可是她偏偏喜欢和他分享和新老朋友之间发生的故事。每当她说起这些事，他就多心、怀疑、吃醋。

为此，他们经常吵架。其实，每次吵完架，他也后悔，但下次还会犯同样的错误。在这样争吵中，他们都感到了疲惫。

她没打算改变自己，他自己也难以改变。他们的爱该何去何从？他陷入了痛苦之中。

你们还是交流少了，多接触一下，隔阂会消除的。前些日子，别人送给我两张智圣汤泉的温泉票，你们一起去玩一下吧！但愿能对你们的感情有帮助。这天，他把自己的烦恼说给公司老板听后，老板说。

爱是梦想的翅膀

为了玩得更好，他提前了解了一下温泉的情况。

原来，智圣汤泉在山东沂南，而沂南是三国时期著名政治家、军事家诸葛亮的诞生地。传说诸葛亮就是得到温泉水云雾的沐浴，从温泉水中得到了灵气与智慧，进而成就了一番大事业的。

我不祈求自己成为伟人，只要能从温泉中得到启示，让我别再爱得如此疲惫，就很知足了。他想。

他知道温泉面积很大，汤池很多，再加上绿树掩映、山石遮挡。男女从不同的入口进去后，如果不是特意约好在哪里碰面，恐怕会一时找不到对方。但前去洗浴那天，他们约定，不必刻意寻找对方，只要各自玩得尽兴就好。

汤池不同，给人的感觉也就不一样。他在温泉里泡得很舒服，为了避免身边的美女们尴尬，也为了让自己全身心地感受温泉，很多时候，他闭着眼睛，不去想生活中的任何事情。慢慢地，他感觉自己进入了一种超脱的状态之中，他渐渐忘记了生活中的所有烦恼，甚至忘记了他需要与女友回合。

当他在静区泡够了，便独自来到了温泉的动区，当他像年轻人一样，大呼小叫着滑了几次水，便来到了水上漂流区。坐上橡皮艇，一开始他用双手划水，努力控制着皮艇的方向和在水道中的位置，让自己始终漂流在水的中央。

这样漂了一段，他忽然发现其实完全没必要这样，既是漂流，何必如此拘谨？他干脆什么也不管，闭着眼睛，任由橡皮艇在水道中自由漂流：水流时快时慢，漂流的速度便时快时慢，一阵骤雨从头顶洒下让他无处躲避，一阵激流从旁边冲出让橡皮艇快速震荡……但他权当什么都没发生，依旧任其自然漂流……

他突然觉得这样的漂流太幸福了。同时，他也明白了漂流的深层意义：现代人身心都太累，太大的压力和患得患失让人疲惫不堪。因此人们需要让身心如不系之舟般自由漂流……

水道是循环的，他忘记自己究竟飘了几圈。漂流过程中，他慢慢想透了一个问题：在感情问题上，倘若对方已经不爱自己，那么自己努力再多，也只能是徒劳；倘若对方爱自己，即便自己放手，爱也不会随水漂走。既然如此，又何必把身心搞得如此疲惫？

漂完最后一圈，走下橡皮艇，他忽然发现，她就站在岸上。

你！你漂过了吗？没漂的话，一定要漂一下，太好了！他激动得有些语无伦次。

我也刚刚漂过呢！她笑着说。

他快速跨上台阶，紧紧地把她拥在了怀中。

顿时，他泪流满面。她也是。

他不知道，那天前去沐浴温泉的还有他的老板。此前，他早已和女孩认识，老板也喜欢她。洗浴过程中，女孩虽然多数时间都与老板在一起。但是越是这样，反而使她更加明白：她真正爱的人是他……

捡来的横祸

兰花在集市上捡到了一包东西，他随手就卖给了别人，于是有了 50 元的收入。想不到因为这包东西，她却要遭受了数年牢狱之灾，这到底是什么原因呢？

在那个令人慵懒的午后，一辆警车从远处悄无声息地开来。

警车没拉警笛，速度却很快，像一条快速游走的蛇，顺着蜿蜒曲折的山路，倏地一下就滑进了山村。

此前，山村宁静而祥和。村头的大槐树下围坐着许多人，他们有的在随意聊天，有的坐在石头上打着盹，有的在低头玩着手机。

村里怎么会来警车？大家立即议论起来，警车大家见过，但那是在城市，这个小山村，从未出现过。他们感到疑惑，也有些害怕，不知道有什么事情将要发生。

大家正议论着，那车就在张军家的门口停了下来。接着从车上下来几名警察，有的站在外面警戒着，有的进了张军家。

张军会犯事？这么老实，不可能。有人这样说。

谁敢保证呢？别看在家挺老实，没准在外面就学坏了……有人说。

大家正义论着，张军媳妇就被警察带上了车。

不会搞错吧！兰花会犯事？大家顿时惊呆。

接着那警车拉响警笛，呼啸着开离了山村。

肯定是搞错了。大家都这样说。

兰花在村里声誉很好。兰花孝敬公婆，她婆婆身体不好，在三个儿媳之中，兰花是最孝敬的。兰花为人热情，邻里关系处得很好。兰花很会做饭，村里不管谁家有喜事，都喜欢找兰花做饭，而兰花给人做完饭后，从来什么东西都不要，所以村里人没人不说她好。

这样一个好人怎么会被警察带走呢？真是不可思议！大家议论了许久，也没想出兰花会犯什么事。

弄错了，一定是弄错了！你不信看看，兰花肯定很快就会被毫发无损地放回来的！这是大家讨论的结果。

然而事实并非如此，转眼间，三天过去了，人们不但没有看见兰花被放回来，而且隐约听到了一个更加不可思议的消息：兰花被抓与一起谋杀案有关。

那起谋杀案村里人都知道，只是谁也想不到会与兰花有关。

三天前，岭上村发生了一起爆炸案，村主任家的房子被一名村民用炸药炸了，村主任被炸成重伤。对这种过激的做法，大家虽然都不赞同，但是大家也觉得那村主任实在是太过分了。村主任在村里作威作福、横行霸道许多年，没有征得村民的同意，就把村里的土地都卖给了一家制药公司，那是一家高污染的企业，把村子周围好好的环境破坏得不成样子。不但如此，村主任还设法把卖土地的收入据为己有，村民几乎得不到补偿。村民虽说多次反对，但是仍然没有结果。因为这事，甚至还有好多村民被村主任找的人打了。有人想通过上访的方式来解决，结果遭到村主任更严酷的报复。那个企图炸死村主任的村民就是多次被打的村民之一。

但是这事怎么会与兰花有关呢？兰花和那个村没有亲戚关系，也没听说兰花和那人有交往。而兰花作风正派，似乎也不可能和那人有什么特殊关系。

村里人能打听的只有张军，可是张军也一直说自己也不知道情况。到底真不知道还是假不知道，大家就无从知晓了。

转眼间一个多月的时间过去了，兰花没有像大家期望的那样，被完好无损地放出来，而是判了刑，是 5 年的有期徒刑。这么说，兰花真的与那期谋杀案有关了。

真是知人知面不知心呀！大家都这样感叹。

再后来，大家就知道了兰花被判刑的真实原因：两个月前的一天，兰花到几里路外的集市上赶集，在行人熙熙攘攘的路边，捡到了一包东西，那是一种很特殊的包装，那包东西沉甸甸的，不识字的兰花从来没见过这样的包装，更不知道里面是什么。

兰花捡起来看了看，就准备把那包东西装进自己的包里。旁边一个人问是否可以把这包东西以 50 元的价格卖给他，兰花想反正是自己捡的，又不知道里面是什么，还不如干脆卖了，就毫不犹豫地把那包东西卖给了那人。而那人就是岭上村企图炸死村主任的村民，那包东西就是他制造这起爆炸案所用的炸药。

老人与枕头

她们抓着枕头使劲拉扯，也许是俩人的力气差不多的缘故吧，她们拉扯了很久也没分出胜负……一个枕头

牵扯出一个令人感慨无限的故事，读后令人掩卷沉思。

村子中间有间破旧的小屋，小屋里住着一位老人。

多年来，老人虽说行动不便，但生活勉强能够自理。不知从什么时候起，老人的身体状况已经变得很糟了。村里人注意到老人时，他已经把铺打在了屋门口，老人头朝外，斜倚在铺头，抱个枕头，看外面人来人往。

老人的小屋靠近一条街道，虽说那是村里的主要道路，却一天也没几个人走。偶有行人，也多是行色匆匆，没人肯为老人停留，更少有人关注老人的生存状况。

这日，一个七八岁的孩子在小屋前面玩耍，老人把手伸到到枕头里摸了一会，摸出 10 元钱来，让孩子到小卖部给他买几元钱的东西，还说剩下的归小孩，小孩拿到钱，欢天喜地地去了小卖部，很快就把老人要买的东西买回来了。

第二天，那个小孩又到老人的住处玩耍，老人照旧拿出 10 元钱，照旧只要几元钱的东西，孩子又非常愉快地完成了任务。

此后几天，小孩便有意识地经常到老人面前转悠，老人也经常拿出钱来，让小孩帮忙。小孩与老人的秘密很快被别的小孩知道，于是老人的屋前每天都有不少小孩来玩耍，他们也经常接到老人安排的各种任务。一段时间后，老人的屋前成为村里最热闹的地方。而能够接到任务，也成为小孩们最大的欢乐。不管谁拿到钱，都是飞一般地跑去小卖部或别的地方，高质量地完成任务。

老人最近的亲人有两个侄子，老人的秘密很快被他的两个侄媳妇知道。她们很快就把来这儿玩耍的孩子们

爱是梦想的翅膀

统统轰走了，于是买东西的任务自然就落到了她们身上。

老人依旧像原来一样，不管哪个侄媳妇来了，只要有需要买的东西，就让他们去买。每次买东西，都是从那个破旧的枕头里掏出钱来给她们。

然而老人的身体状况越来越差却是不争的事实，两个侄子都想让老人到医院看病，但是老人却不同意。那是一个冬日的早晨，当他的两个侄媳妇同时来到老人门前时，老人早已浑身冰凉了，怀里还抱着那个破旧的枕头。

两个女人几乎同时扑了过去，当然只有一个首先抓到了枕头，当抓到枕头的人快速从老人的怀中撕出枕头时，另一个人也抓住了枕头的另一头。

她们抓着枕头使劲拉扯，也许是两人的力气差不多的缘故吧，她们拉扯了很久也没分出胜负。

"你这泼妇，我拿这枕头，是为了给他爷爷办后事，你抢什么！"一个道。

"我才是真心为他爷爷办后事的，你不就是想独占他的钱……"另一个说。

当时正赶上学生放学的时间，她们的争吵声很快引来一群大人和孩子。她们更加猛烈地推搡着、抢夺着。最后由于用力过猛，枕头一下被撕开了，一大堆破旧的灰色碎布顿时散落了一地。她们急忙扑到那堆破布上用手不停地扒拉，可是竟然连一分钱都没找到。她们顿时大失所望，站起来，拍拍身上的尘土，骂骂咧咧地各自回家了。对老人的后事，谁也不管。

是村里出钱给老人办理的后事。老人出殡那天正好是周末，附近村里的十几个孩子竟然自发组成了一支特殊的送葬队伍，十几个孩子排成一行，他们虽然没有哭，但是谁都眼泪汪汪的，一句话都不说。

虽然寒风刺骨，虽然他们都被冻得瑟瑟发抖，但是他们没有一个人提前离开，直到老人入土为安，才各自回家。

老人虽然已经入土为安了，但是并没有真正安顿下来，因为村里在找人处理老人的遗物时，竟然在靠近门口的墙壁中发现了五万多元的现金。听说这事之后，原来一直不肯靠前的老人的两个侄子竟然同时挺身而出，他们正在为怎样处理这些钱而争得不可开交……

约会麦当劳

无雪随手拦了一辆出租，出租车瞬间就消失在了车流人海之中。

璞玉握着手机，怅然独立，过了好久才发出一声长长的叹息……

那天，璞玉正在上网，忽然就有网名为"无雪"的人申请加自己为好友。在验证信息里，璞玉看到无雪说是学生，也就通过了她的申请。

璞玉虽说不是教师，但因为工作关系，经常到各地给人讲课，认识他的人多，称他为老师的人也很多。璞

爱是梦想的翅膀

玉当然不知道这个学生是谁，于是在聊天的时候，就想了解一下她的情况。偏偏每当问起这个问题，无雪总是闪烁其词。

无雪聊天风趣幽默，他们所谈的话题，也都是双方感兴趣的。他们经常说一些与情感有关的事。无雪说自己婚姻很不幸福，渴望有一份真爱。璞玉内心深处的某些想法便在不停地潜滋暗长着。

当无雪主动提出要和璞玉见面后，璞玉激动得半天不知道说什么才好。只是激动之余，又多了一份担心，无雪到底是真正爱自己还是别有用心。

接着，就开始商议具体的见面地点，一开始无雪约璞玉去喝咖啡，接着就说出了一家咖啡馆的名字。以前去过那家咖啡馆吗？璞玉问。常去，环境挺好的。无雪答。

璞玉心中立即一抖，一个女子经常去喝咖啡，能是自己去？再加上前几天璞玉看过一则某些女孩专门当"酒托"约人出去喝咖啡的新闻。想到这里，璞玉就以不喜欢喝咖啡为理由拒绝了。然而担心总抵不过想见无雪的欲望，于是他们的聊天还在继续着。

那你说到哪里见面？无雪问璞玉。

我请你去唱歌！璞玉说。

我不会唱歌，不去。无雪思考一段时间，也拒绝了。

那你说，到底去哪里？璞玉再次问无雪。

我不是说去喝咖啡吗？无雪这次回答得很干脆。

璞玉一时不知怎么回答才好，半天没回话。这时，无雪离线了。

经过几次商议，他们约定在一家麦当劳见面。

虽说在网上他们都看过彼此的照片，他们还是担心认不出对方来，于是约定了见面的具体时间，并告诉了对方彼此的穿着。

你到了吗？我堵车，可能晚过去一会，耐心一点呀，宝贝！璞玉在QQ上对无雪说。

没事，我也没到。慢慢走，不着急呀！无雪很快回复道。

那你也别太着急了，到了，就告诉我呀！璞玉说。

你到的话，你也告诉我。无雪说。

璞玉发完这些，抬头看了看麦当劳周围的环境，左边的座位上是两个不足20岁的男孩，趴在桌子上睡觉。右边是一个独坐的中年男子，一边看书，一边拿手机聊着天。对面是一个背对自己坐着的女子，一袭紫裙，黑发垂顺，看样子像个美女。更远的地方有几对在慢慢吃饭的男女。

璞玉之所以说自己还没到麦当劳，就是想先暗中观察一下无雪的情况，同时决定是否跟她见面。

眼看超过约定见面时间已半个多小时了，他本来就已经提前一个小时到达麦当劳的，无雪迟迟不来更让他觉得时间格外漫长，璞玉再次问道，我到了，你什么时间能赶过来呀？

我突然接到一个电话，有件急事需要处理，本想处理完了就过去，现在看来，可能无法过去了，不好意思呀！过了好久，无雪才回复道。

胡说，我知道从一开始你就是在耍我，你根本就没打算来，真是个骗子，可惜了我的一片真心！璞玉说。

你敢说，你对我是真心的，整天把爱挂在嘴上，可是真实情况呢？看来呀，我还是太天真！我才不相信你在麦当劳呢！很明显，无雪也生气了。

也许觉得在 QQ 上聊速度太慢，璞玉气吼吼地开始给无雪打电话。与此同时，璞玉听见坐在他对面的女孩手机响了，璞玉看见女孩很干脆地在手机上按了一下。璞玉盯着那女孩，再次按下了电话，女孩这次没按电话，而是气愤地回过了头。

你明明早就来了，为什么骗我！无雪气愤说。

你不也是在骗我吗？说这话时，璞玉看到了一张美得令他窒息的脸，这显然不是他在网上看到的照片上的女子。

你说你爱我，你说你相信我，可是事实呢！你到底是什么意思？无雪不依不饶地说。

我怕……怕……璞玉面红耳赤，说不出一句完整的话。

对，我就是个骗子，害怕被骗还出来干吗？无雪提着包气呼呼地往外走。

你不也是在骗我吗？从服装的颜色到你的发型，你告诉我的多数信息都是假的。璞玉跟着无雪走了出来。

我本想等你来时，突然出现在你面前，给你一个惊喜。你说你喜欢长发，我故意说自己是短发，如果真想骗你，我总该整点有水平的吧！无雪眼泪汪汪地说。

我们还没吃饭呢！先吃饭，我再慢慢跟你解释，好吗？璞玉拽着无雪的胳膊说。

解释个屁呀！无雪一下甩掉了璞玉的手说。

无雪随手拦了一辆出租车，出租车瞬间就消失在了车流人海之中。璞玉拿起手机，想跟无雪说几句道歉的话，可是在他的好友里已经找不到无雪的影子。

璞玉握着手机，怅然独立，过了好久才发出一声长长的叹息。

这人真傻

骗子遇上了很容易就得手的老人，他认为这人真傻，于是大胆地采取行动。想不到事情的真相并非如此，那么等待骗子的到底将是什么呢？

"我碰见俺叔了，我把钱给俺叔吧？"这天下午，老王正在散步，突然一个戴眼镜的青年人边打电话边贴着他的身边从后面赶上来。

老王看了一眼那个青年，没理他，拐了个弯，继续散步。

"不行，怎能不还呢！大小是个账，先不打了呀，我这就把钱给俺叔了。"那个青年说。

老王不禁停下脚步四处看看，旁边没有别人，难道他说的叔就是自己？

"叔，你还认识我吗？我是你儿子的朋友小张呀！"青年自我介绍说。

"不认识，真的不认识。不过我天生记性不好，除了接触次数特别多的人一般记不住。自从三年前因为脑

爱是梦想的翅膀

梗死住过一次院后，记忆力就更差了，所以您别介意。"老王说。

"我当然不会介意，你和我父亲差不多，我父亲也是记忆力不好。是这么个事，我上次借了你家我大哥30元钱，这些日子我工作调整了，好久没见到他，所以我把钱给您好了。"说完，青年就从钱包中拿出一张百元钞票。

"这个我不能要，你还是直接给我儿子吧！"老王拒绝道。

"叔，您拿着就行了，要不我还不知道什么时候见到我大哥，再说，我已经和我大哥说了。余下的您不用找给我了，就当我孝敬您老人家了！"青年说。

"既然你坚持给那就给吧，不过我必须立即找给你钱！"说完，老王就开始摸钱包，忽然，他拍拍脑袋说，"你看我这记性，我出来锻炼是从来不带钱包的！要不我还是把钱给你吧。既然你不要，你就在这等一下，我回家给你拿钱，我家离这儿不远。"

"那多麻烦呀！不用找了，真的不用找了！"青年说。

"那不行！只要一放下的事，我很快就忘了，所以你还是在这里等着吧！"说完，老王快步朝前走去。

一个多小时后，老王和另外三个老头说笑着朝这边走来。眼看老王已经走过来了，可是他仿佛没看着这个青年一样继续散着步。

难道他已经忘记了，我得提醒一下他。青年心里想。

"叔！"青年急忙打招呼，可是由于底气不足，青年说话的声音有些小，老王根本没有听见，继续和那几个老头优哉游哉地散着步。

这可如何是好，青年本想再次大声打招呼，但是终归没有鼓起勇气来。

转眼又一个小时过去了，老王和那些老头再次转了回来。

"叔！叔！您是不是把刚才的事给忘了！"青年走上前拦住老王说。

"刚才的事？什么事呀？我们怎么对你一点印象都没有呀！"老王吃惊地问。

"刚才我不是给你一百元钱吗？我欠了你儿子的钱，还给了你……"青年解释说。

"哦，我想起来了，你看我这记性，你是在这儿等着我给你找钱是吧！你给我的钱这不是还在这儿嘛！你说我怎么就这么笨呢，我直接去商店买点东西不就把钱给找开了嘛，你在这儿等着我呀，我找开钱就给你！"说完，老王就朝附近的一家商店走去。

"算我倒霉，单单碰上个傻老头！"青年急忙转身朝相反的方向走去。

青年的话，老王隐隐听到了，你才傻呢。老王在心里想。

其实老王根本没有儿子，所以从青年一开始说还钱，他就怀疑他是骗子了，再说，他早就知道了有人利用还钱的方式欺骗老年人钱财的事，当他发觉青年给他的那张钱是假币后，更确信这人是骗子了。

他说自己记忆力不好是一方面为了故意捉弄那个骗子，另一方面是给他一个机会，希望他能够自己醒悟过来，没想到他竟然以不见棺材不掉泪的精神在这里等了两个多小时。

当然，老王这样做，也是更好地保护自己，避免以后遭到骗子的报复，因为他早已打电话报警了，老王知道，很快就会有警察把他带到该去的地方……

最远的捷径

两位学习成绩差不多的同学，一位走了一条捷径，一位脚踏实地地完全靠自己努力。她们都顺利地考上了大学，然而几年后的结果却大不一样。可见，人生没有捷径可走。

在学校里，兰黛和张荔是一对形影不离的好朋友，她们不但长得漂亮，而且都擅长歌舞，每次班里举行活动，她们两人都是最耀眼的明星。然而文化课的基础都不怎么好，在升学竞争残酷的现实中，如果单凭文化课升学，他们都没有多大优势。

高二那年，音乐教师建议她们学音乐，还说，这么好的基础，不学音乐，可惜了。她们考虑再三，觉得自己喜欢音乐，并且也许会更容易升学，就都学了音乐。

兰黛先天条件更好些，练功也认真，水平就比张荔高了许多。按照惯例，高三上学期，音乐生多数都出去接受辅导，据说辅导教师多数都是大学教师，由于老师水平高，简单指导一下，就能使被指导者脱胎换骨，但是辅导费却非常昂贵。

张荔自然要出去学习，他父亲是卡车司机，家中虽说不怎么富有，但是在孩子学习的事上，还是舍得投入的。兰黛却没有出去学习，因为家里穷，拿不起那么高的辅导费。

专业考试后，张荔拿到了好几个学校的艺术合格证，并且多数学校的专业名次都比较靠前，应该是有效的名次。兰黛却只拿到了一个，并且专业名次还非常低。后来，张荔顺利被一所名牌艺校录取，兰黛虽说文化课考得很好，但是那所学校是按照专业课成绩的高低进行录取的，所以她只能独自躲在家里抹眼泪。

这天，张荔找兰黛玩，张荔问起她以后的打算，兰黛长叹一声说，还能怎样，只能复读呗，我实在无法放弃上大学的梦想。张荔劝兰黛复读的时候，无论多困难也要外出学习一下。

兰黛说，在学校里，学好了，不也一样吗？

张荔说，那可不一样。我能考上，你却考不上，你认为我出去接受了几天辅导，水平就真提高了？

不是真提高了，为什么你能考上，我却考不上？

那不都是因为潜规则吗？具体情况，也不用我说，到时你就知道了。听我的没错，出去找名师辅导辅导，尤其是找高校的教师辅导一下，你肯定能考上非常理想的学校，不过学费实在是贵呀，有的教师每小时的辅导费就得上千元，不过事实证明，这钱花得值。不然，明年你的专业成绩照样很难拿到优秀成绩！

兰黛圆睁了美丽的双眼。

新学期开始，兰黛流着泪去复读。

只是没再学艺术。

一年之后，她凭着很高的文化课成绩被一所普通院校录取。

四年后，兰黛大学毕业。那时，一家省级电视台正在组织一次大型的选秀活动，兰黛凭借其动人的歌喉和丰富的艺术知识，征服了评委，也征服了观众，于是脱颖而出，并在这家电视台担任了一名综艺节目的主持人，她自然的主持风格很受群众欢迎，她的美妙歌喉引来了无数粉丝。

早已毕业一年多的张荔，却依旧为找工作四处奔波……

一河之隔

老蒋艰难地说完这些，县长刚准备说点什么，忽然看见他张开的嘴巴凝固了一般，就那样大大地张着，不再动弹……

沐河发源于沂山南麓，曲折南流，流至莒县附近已经成为一条宽阔的大河。以前由于缺少水利设施，沐河经常闹水灾。后来莒县人民先是在河两岸筑起了坚固的河堤，又在河流上游建起了一座大型的水库，既能防洪，又能抗旱，沐河从此变得温顺起来。这样，原先建的河堤就显得不再那么重要，几十年来破坏严重。

蒋家村地处县城附近，几十年来，一直非常重视河堤保护，尤其是进入新世纪，村里经济发展很快，就在多数人一门心思搞经济的时候，村委主任蒋来却依旧认真保护着河堤，除了安排专人搞好河堤的日常保护，每隔一两年还雇来推土机对河堤进行大力修整。为此，蒋来多次受到有关部门的表彰。

这年冬天，莒县附近遭遇了百年不遇的大旱。第二年春天蒋来照例雇来推土机对河堤进行加固，往年加固河堤村里人还能理解，今年加固河堤，村里人就难免不说三道四。蒋来就劝导村民们说，大旱之后恐有大洪，别的村庄破坏了河堤影响可能不大，但我们村地势低洼，河边有那么多工厂和居民区，所以河堤是不能有任何闪失的！

也许纯属巧合，也许蒋来确实有远见，这年春天还没结束，汛期就提前到来了，雨水源源不断地从天上倾盆而下，沭河里发起了百年不遇的滔滔洪水。

一场暴雨过后，滔滔不绝的雨水从上游和周边小河汇聚而来，巨大的水浪疯狂冲击着河堤。蒋来站在河堤上忧心忡忡。

这时，一行人顺着河堤慢慢走来，待他们走近，蒋来才看清是负责水利工作的副县长和水利局局长等一行人。蒋来急忙向前和县长打招呼，县长握着蒋来的手说，这次视察河堤，谁也没通知，之所以这样做，我就是想看看你们有没有把老百姓的安全放在心上。说实话，我一路看来，你们村的河堤是最高的，同时，你也是我碰见的唯一的村干部，我为蒋家村能有你这样的好干部感到骄傲。

蒋来陪着县长一行人慢慢向前走着，巨浪不断拍打

爱是梦想的翅膀

着河堤，河堤微微颤抖着，蒋来一边走，一边感到胆战心惊。一个巨浪拍来，前面一段河堤忽然一下坍塌了下去，接着滔滔的河水便迅速朝河堤那边的工厂和居民区扑去……

虽然前来救援的人很快就把决口堵上了，但是这场水还是使几个工厂损失上亿元，并且淹死了好几个人。河流决堤后的那几天，蒋来忙得几天几夜都没有合眼，当有关人员告诉他河流决堤造成的具体损失时，蒋来一下晕倒在地上。众人急忙把他送进了医院。原来，他得了脑溢血，经过几天的抢救，蒋来好不容易才苏醒过来，可是他的右腿已经不能活动了，就连说话也变得磕磕巴巴。

这天，县长来医院看望他。县长紧紧地握着蒋来的手说，老蒋呀！你也不要太自责了，全县数你们村对河堤保护得好，可是偏偏在你们这儿决堤了，造化弄人呀！

我……我……老蒋紧紧地抓住县长的手，结结巴巴说不出话来，眼泪顺着黝黑的脸颊唰唰流了下来，我……我不该在整修河堤时叫人把那段河堤一下向河中间推了十多米呀……这样那段河堤几乎全是新土堆起来的，虽然看起来很高，但一点都不牢固……

原来，自从县城开始向东发展之后，靠近沭河的土地地价迅速上涨，河堤东边的土地是一文不值的河道，河堤西边，每亩地售价接近 200 万元，村里的河堤有3000 多米，平均每向东推一米，村里就会新增好几亩土地，所以蒋来每次整修河堤都会向东推几米。

老蒋艰难地说完这些，县长刚准备说点什么，忽然看见他张开的嘴巴凝固了一般，就那样大大地张着，不再动弹……

飞出困境

小鸟们很快就吃饱了，他们把鸟笼提到外面，敞开笼门，它们挤出笼门，欢快地飞翔起来。它们围着小屋打了几个旋，便渐渐消逝在高远的天空。这时，太阳暖暖地照着，冰雪正迅速融化。

这年冬天，黄谨带着孩子小涛到深山里探险，夜晚他们寄宿在护林人的小屋里。清晨，山野已经被厚厚的大雪覆盖了。这里山坡陡峭，有了雪，根本没法行走，他们只得暂时住了下来。

困在山里，最让他们不适应的是饮食问题，护林老人的主食是煎饼，菜是一种特别的咸菜，黄谨和孩子在城里过惯了锦衣玉食的生活，根本吃不惯这些东西，为了让小涛多吃点，黄谨硬着头皮往下吃，可是小涛却不买账，黄谨好说歹说，他就是不吃，这可把黄谨难为坏了，护林的老人说："吃一点吧！雪再不停，就是煎饼，我们也吃不上了！"小涛只得很不情愿地吃了一点点。

大雪已经连下四天了，老人的煎饼也快吃完了，小涛也饿瘦了一圈。这天下午，黄谨正在发愁，忽然看见小屋后面的空地上有许多小鸟在抢食，黄谨走过去，

爱是梦想的翅膀

小鸟们匆忙啄几口，恋恋不舍地扑棱棱飞走了，黄谨走近一看，原来地上有一些弄碎了的煎饼，不用说，肯定是小涛不愿吃才故意弄碎丢到这里的。黄谨顿时火冒三丈：这孩子，太不懂事了！为了避免孩子挨饿，这两天自己和老人都饿着肚子，想不到小涛竟然干出这样的事来。

黄谨回到屋里，质问小涛，小涛战战兢兢地承认了，黄谨再也压不住火气，把小涛按倒在地上一顿好打。护林老人一再劝止，黄谨才停了下来。

那天晚上，小涛没吃饭就躺在炕上独自睡了。昏暗的灯光下，小涛显得更加瘦弱，黄谨轻轻地给小涛脱着毛裤，碰到他的小屁股时，小涛猛然打了个哆嗦，仔细一看，小屁股上有好几处已经被打得发青，黄谨心里很不是滋味。一个十多岁的孩子哪里懂得他们的处境呢？

第二天，雪终于停了。早上，小涛还没有起床，黄谨透过窗户朝外看去，一大群小鸟又聚在小涛扔煎饼的地方觅食。黄谨忽然想起童年时代雪后用筛子捕鸟的事来，于是找了个工具，开始捕起来。也许小鸟确实饿坏了，对眼前的危险似乎浑然不觉，很快，黄谨就捕了十多只。这些小鸟品种很多，羽毛艳丽，它们在笼子里上蹿下跳、扑棱棱地乱飞，甚是好看。

黄谨推醒仍在熟睡的小涛，小涛看到这么多小鸟，一骨碌爬起来，快速穿好衣服，围着鸟笼看个不停。过了一会，小涛拉着护林人的手说："爷爷，给我块煎饼，好吗？"护林的老人笑着说："现在就想吃东西了！好孩子，再坚持一会，我生火，烤几只小鸟你吃，那才叫香呢！”黄谨接着说：“抓这些小鸟，还有你的一份功劳呢！要不是你把煎饼扔到地上，我还想不起用这种办法捕鸟呢！”

“我要煎饼，不是想自己吃，而是想给这些小鸟吃。难道你们把小鸟抓来不是想喂它，而是想吃它？”小涛惊疑地瞪着小眼睛说。

小涛此言一出，黄谨和老人吃惊不小，两个大人面面相觑，一时不知说什么好。

“难道你昨天把煎饼扔在地上，也是为了喂鸟？”过了一会，黄谨问道。

“是啊，雪这么大，有的小鸟都饿死了，太可怜了！不过我没有浪费煎饼，我都是故意不吃饱，从而把自己的煎饼匀出一点给小鸟吃，难道不行吗？”提起昨天的事，小涛低着头，心有余悸。

看着小鸟和孩子，黄谨一时不知说什么好。

护林的老人从瓦盆里拿出几个煎饼，放到小涛面前说：“喂吧！小鸟这么可爱，我们怎么舍得把它们吃掉呢？我们这么说，是故意考验你，看你有没有爱心，看来，你是个有爱心的好孩子，它们在外面冻坏了，我们是把它们请到屋里做客的！一会它们吃饱了，我们就让它们重新自由。”

小涛拍着小手，连声叫好。

看着小涛在喂小鸟，黄谨心里五味杂陈。黄谨抚摸着小涛的头说：“爸爸向你道歉，爸爸不该不问明原因就粗暴地打你，爸爸以后绝对不这样做了！”

小涛一下扑到爸爸怀里，哭着说：“其实，你没有错，因为我撒谎了。我特意把煎饼留给小鸟吃是后来的事。最初，我确实是因为不愿意吃才把煎饼扔掉的，扔掉煎饼后，我看见有很多小鸟在地上抢食，才渐渐改变了做法！"黄谨紧紧地搂着孩子，热泪盈眶。

小鸟们很快就吃饱了，他们把鸟笼提到外面，敞开笼门，它们挤出笼门，欢快地飞翔起来。它们围着小屋打了几个旋，便渐渐消使在高远的天空。这时，太阳暖暖地照着，冰雪正迅速消融。

宝鼎惊魂

为了行骗，他可谓煞费苦心，可是警方却告诉他们，你们的技术足够先进，头脑也足够聪明，可惜都用错了地方。他们到底干了什么？等待他们的又将是什么？

雷军仔细端详着眼前的铜鼎，眼里放出火热的光。这是一件双耳三足鼎，鼎身没有花纹装饰，但有数十个镂金工艺刻制的铭文。器身表面有绿色锈蚀痕迹，鼎口还配有一个盖子。无论从铜鼎的色泽还是从包浆来看，都是难得一见的珍品。

这应该是一件春秋时期的铜鼎，这种造型和铭文的铜鼎存世量不多，可惜锈蚀严重了些，最多能值15万。雷军说。

这个价格太低了，去年村里有人挖出的一个铜鼎，看上去比这个差多了，还买了20万。张畯搓着满是老茧的手说。

　　经过一番讨价还价，雷军最终以 18 万元的价格买下了铜鼎，当他付了钱，准备离开时，张畯说邻村的亲戚前些日子也挖出几件东西，问他是否有兴趣看一下，雷军当然不会错过这难得的机会。张畯立即联系了自己的亲戚，等到那人带了东西过来，雷军看过之后都不太满意，当他打算离开时，猛然发现已经 11 点了。

　　他本来是为了让行动更保密些，才故意趁着夜色来到这个离县城几百里路的小山村，可没想到转眼到了这个时候。张畯劝他在家中暂住一晚，因为路上时有土匪出没，更何况他还带着这样贵重的东西。

　　雷军点头答应。

　　这晚，雷军睡得正香，忽然被一阵狂乱的狗叫声惊醒，接着外面传来一阵脚步声，雷军透过窗户朝外一看，不禁大吃一惊，原来院子里有四五个身穿黑衣的蒙面人，手里都拿着明晃晃的大砍刀。

　　不好了！来土匪了！快到地下室躲一下吧！他们什么事都干得出来。雷军在被张畯拉到地下室之前，准备连铜鼎也带着，可已经来不及了，因为土匪们已经几乎破门而入了。

　　雷军来到地下室，试图拨打报警电话，可手机竟然没有信号，于是只能干着急。这可如何是好？张畯也急得犹如热锅上的蚂蚁。

　　待到上面杂乱的声音终于停止，村里的狗叫声也渐渐停息，张畯和雷军从地下室上来后，几乎同时哭了出来，因为现金和铜鼎都被土匪抢走了。

是不是你和土匪串通好了？不然，怎么这么巧。张畯一把抓住雷军并把他摁倒在床上说。

胡说，我怎么会跟土匪串通一气呢？相反，我倒怀疑你！雷军一个侧勾拳把张畯打翻在地。张畯趴在床上呜呜地哭了起来。

算了，别哭了！现在侦破技术先进，我相信土匪们一定会留下蛛丝马迹，只要保护好现场，一定能够将这伙土匪抓到。

天亮以后，一队警察来到了张畯家，他们对现场进行了一番仔细检查后，临走前把张畯带到了公安局。

如实交代吧！这样的事你们做过多少次了？张畯忽然发现审讯他的竟是雷军。张畯当然不会承认自己与土匪有关系。最后，雷军从包中慢慢地拿出了一个手机信号屏蔽器，张畯顿时大惊失色。看来自己再也装不下去了。

原来，张畯所在的村庄有一个造假技术非常先进的团体，铜鼎是你们用最新的造假工艺制造的，上面的锈是一层电解锈，与自然形成的锈几乎没有差别。你们造出假鼎之后，谎称是从古墓中挖出来的，然后悄悄把消息散布出去，骗那些不明真相的收藏者。

当雷军交上钱后，张畯故意拖延时间并说有土匪让他不敢走，而夜晚的土匪其实是他们一伙的，这样土匪把钱和铜鼎同时弄走之后，不但让买家无法向对方要钱，而且再也没法发现东西是假的。至于没有手机信号，那是因为他们使用了手机信号屏蔽器。

你们的技术足够先进，头脑也足够聪明，可惜都用错了地方，还有一点你可能不知道，那就是我使用的钱，是我们刚刚查获的造假技术非常先进的假钞。如果识相，你就乖乖交代自己的全部罪行吧！不然，等待你的只能是法律的严惩。

雷警官说这话时，脸上透出一股自信的笑。张峻却觉得那笑像两把钢刀，一下洞穿了他经过层层伪装的灵魂。

彩票背面的字母

这天，正在午休的伍迪忽然感到双手被冰冷的手铐铐在了一起。这是一张中奖彩票引发的故事。在故事里人们的表现各不相同，故事的结局也令人感慨……

这天，正在午休的伍迪忽然感到双手被冰冷的手铐铐在了一起。他慌忙睁开眼睛，看见两个穿便衣的警察虎视眈眈地看着他。

一位警察冷笑着说："今天中午到过老张的彩票投注站吗？"伍迪一愣，不以为然地说："不就是几张破彩票吗？你们拿走就行了，还用得着这么麻烦！"

原来，中午伍迪经过老张的彩票投注站时，看见里面没人，就顺手拿了抽屉里的十几张彩票。在派出所里，伍迪承认了自己的劣行，多次被拘留的他很清楚：他要在拘留所里住上半月了。

在拘留所待了两天后，伍迪被提了出来，一位警察

爱是梦想的翅膀

对他说："恭喜你，你的彩票中了1万元！"

伍迪说："你肯定弄错了，我根本没买彩票。"

警察说："当然不是你买的，而是你偷的！"

案件就由偷盗几十元的违法行为转变为上万元的大案，伍迪不再是简单地拘留几天，而是要正儿八经地判刑，他绝望地低下了头。

他特别想念自己争气的儿子伍亮。前些日子，儿子刚刚拿到大学录取通知书。他正为儿子的学费发愁，如果进了监狱，儿子上学的事不是更没了着落吗？伍迪越想越难过，懊恼不已。

这天，伍亮来看他，说："明天我就到外地打工，你好好保重！"

伍迪大吃一惊："你小小年纪，打什么工？你可以复读一年，明年，我保证挣足你的学费！"

"明年，你还在监狱里呢！即便我可以通过助学贷款上学，谁来挣钱为我母亲看病？我只有出去打工这一条路。"说完，伍亮就头也不回地走了。

伍亮的身体本来就非常瘦弱，那天又穿了件不太合身的大褂子，从背后看去，活像个小老头。伍迪泪流满面。

之后的几天，伍迪后悔自己的行为，担忧儿子的前程，担心妻子的病情，简直度日如年。最终，他把所有的怨恨都转嫁到老张的头上，不就是拿你几张彩票吗？用得着报警吗？

这天，伍迪被带到了所长办公室，他低着头，一言不发，泪水哗哗地流了下来。

李所长说："后悔了？哭有什么用？你还是努力学好，改邪归正吧！"李所长说是老张救了他，他被免予起诉了。

伍迪疑惑了，把自己送进派出所的是老张，把自己救出来的也是老张，他到底想干什么？他直接去了老张的彩票投注站。以前，伍迪经常让老张代买彩票，算是老相识，可这次来，伍迪颇感尴尬。

老张说："那天我不知道拿彩票的是你，所以我就报警了。至于使你免于判刑的原因非常简单：经过核实，那张获了万元大奖的彩票正好是你自己的。"

伍迪非常疑惑地说："我好像没买过彩票，怎么会中奖呢？"

老张说彩票是伍迪托他购买的。两个月前，伍迪喝醉了酒，向老张要机选彩票，碰巧停电，后来他忘了。伍迪一气之下把彩票点一顿乱砸，还让老张以后必须每周给他选一张彩票，老张答应了。虽然伍迪从没取过彩票，但是老张却始终按时选好彩票放在抽屉里。有不少熟客都是电话订购彩票的，老张就在每张彩票的后面按姓氏做上标记，伍迪彩票后面的标记是"W"。老张找出那张彩票给伍迪，背面确实有一个"W"的标志。

伍迪感动得泪如雨下，发誓以后一定要改邪归正，并好好报答老张。他紧紧抓住彩票，喃喃地说："我的儿子终于可以上大学了！"说完，转身朝家中走去。

老张慌忙说："彩票你不能带走！"

"为什么？"伍迪吃惊地问。

老张说："刚才我忘了解释，奖金虽然没有领取，但是1万元钱却早送到你家里去了。当时，李所长他们听说你儿子的学费还没有解决，就为你凑了1万元钱，目的是不耽误孩子上学。所以你把彩票放在这里，等我

爱是梦想的翅膀

领取了，把钱送给李所长他们。"

伍迪吃惊地说："这么说我儿子并没有外出打工，而是上大学去了！"

老张说："那当然！伍迪，我看你就改了吧！否则，怎么对得起李所长的良苦用心？"

伍迪捂着脸，泪流满面。许久，他站起来，踉踉跄跄地朝远方走去。

看着伍迪渐渐走远，老张暗舒了一口气。其实那张彩票根本不是伍迪的，而是他自己的，彩票后面的"W"是"我"的意思。

春节前的一天，老张正在忙碌着，伍亮风尘仆仆地来到了这里，他向老张简单地介绍了一下自己的学习情况后，拿出了1万元钱，坚持让老张收下。老张吃惊地问他想干什么，伍亮说："我爸已经知道事情的真相，很受感动，决定痛改前非。他到大学看我的时候，发现大学城有很多商机，就在附近租了间房子做生意，现在生意很红火，这不，他让我来还钱，还说不做出个样子，就不来见老大哥了。"

老张最终还是把钱收下来。伍亮离开彩票站后，老张感慨万千。他决定把这些钱单独存起来，当成爱心基金，随时帮助最需要帮助的人。

谁来爱我

面对失而复得的孩子，夫妻表现各不相同。一个认为必须立即做亲子鉴定，因为这可能是真实的，也可能

是别人精心设计的圈套……一个却什么话也不说，只是任眼泪哗哗地流了一脸。

这晚，维明照例和妻子兰妡出去散步。

街边，一群人围在一起，他们不由停下了脚步。原来是两个乞丐在乞讨，衣衫褴褛的老乞丐跪在地上，面前躺着个小乞丐。小乞丐有十多岁，脸上有两块显眼的红痣，腰部有一个大大的突起，右脚严重内翻，看样子没法行走。

兰妡挤到人群前面，看着小乞丐一阵阵发呆，直到维明拉她，她才脸色苍白地转身离开。当他们回到家后，兰妡气喘吁吁地说："那个孩子！我觉得像——"

"我也觉得像，不过，世上长得像的人很多……"维明吞吞吐吐。

"他怎么会落在乞丐手里呢！"兰妡叹了口气说，"我们必须救他，老乞丐只会虐待他，使他看上去更可怜，从而为自己赚更多的钱！"

兰妡和丈夫尾随乞丐来到他们栖身的街角，他们向乞丐说明了来意，并拿出一块缺了一半的心形玉石。兰妡问老乞丐是否熟悉这块玉石，老乞丐不住地摇头，还说孩子绝对是他亲生的。小乞丐紧紧偎依在老乞丐身上一言不发。一时间，只有那块玉石闪着蓝莹莹的光。

他们如释重负。是啊，怎么会这么巧呢！原来，他们结婚前曾有个像小乞丐的孩子，孩子出生不久就扔到了街头。等他们结婚后却一直没能再生孩子。

回到家后，兰妡依旧怀疑孩子是他们的，为此她甚至整夜整夜地失眠。几天后的一个早上，她刚打开窗子，忽然看见老乞丐在很远的街角朝这边指指点点。兰妡大吃一惊，再去仔细看时，老乞丐却背着小乞丐离开了。这件事让兰妡更加怀疑小乞丐就是自己的孩子，只是由于某种原因，老乞丐不愿说出真相。

这天，兰妡到医院看望病人，忽然看见老乞丐在交费处同人吵架。原来，他提着一大袋零钱企图缴费，可是医院嫌麻烦，不愿给他办理，以致吵起架来。周围的人议论纷纷，唉！这个老乞丐，怎么这么可怜，自己有病就罢了，偏偏他的儿子也有病！

那晚回到家后，兰妡把这事告诉了丈夫，并想让丈夫了解一下两个乞丐的病情。维明考虑到转眼就要竞选县长，弄不好，会对竞选不利，就决定过些日子再说。

十多天后，他们在电视上看到了一条新闻，原来老乞丐用毕生乞讨所得给孩子治好了病，而他自己的病却错过了治疗时间……

这天他们回家，老乞丐背着小乞丐忽然从黑影里走出来，他把小乞丐拉到面前说："对不起！我前些日子撒谎了，我实在舍不得他，可是他确实是你们的孩子，这是当时他身上的那块玉，可惜我不小心把他身上的信弄坏了！"

一瞬间，他们谁也没有说话，只有那块破碎的玉石闪着蓝莹莹的光。

"让孩子回来，你们也许不喜欢，可是我实在没有办法，我不忍心他像我一样流浪一生，好在孩子的病已基本治好。医生说我顶多能活三个月了，我也是个弃婴，要不是被一个乞丐救活，根本活不到今天，所以我感到很幸福。"

说完，老乞丐转身就走，小乞丐企图抓住他，老乞丐一下推倒他并快速跑进了一条小巷。

以后几天，兰妡和维明一直轮流在家陪护着孩子，但是却始终没有告诉任何人。最后他们商定，孩子可以见外人，但是绝对不能说是他们亲生的，只能说是他们好心收养了他。

这天，兰妡把儿子独自留在家里。回家时，却找不到儿子了，最后他在桌上发现了一张字条：我走了，我要去找爸爸，只有他才真正爱我……

当维明下班知道情况后，非常苦恼："怎么单单在这个时候出这种事呢！我们找到他后，必须立即做亲子鉴定，因为这可能是真实的，也可能是别人精心设计的圈套……"

兰妡紧紧地握着纸条，什么话也不说，只是任眼泪哗哗地流了一脸。